FOLIO JUNIOR

Jo Witek

Y a pas de héros dans ma famille !

GALLIMARD JEUNESSE

En mémoire de mon oncle,
Charles Hiroux, jeune résistant
fusillé par les miliciens le 24 juillet 1944 à Tinténiac.

1

Avant, Maurice Dambek et Mo s'entendaient vachement bien.

Avant, je pensais que tous les élèves de la classe de CM2 de Mme Rubiella étaient comme moi. Des mutants de dix ans avec deux vies et deux identités bien séparées. À l'école, des élèves avec un nom et un prénom sur leurs étiquettes de cahiers. Chez eux, des enfants affublés d'un petit surnom un peu bébé et bébête du genre doudou, minou, ma poupée, mon kéké.

Moi, c'est Mo, mais c'est aussi, Tit'tête, mon chou et bouffon à lunettes.

Avant, je pensais que les enfants du monde entier étaient comme moi. Des mini-humains qui deux fois par jour et cinq jours par semaine passent la frontière d'un pays à l'autre, le cartable sur le dos et le sourire en bandoulière. Avant, ma vie gambadait légèrement entre le monde de l'école et celui de la maison. J'étais heureux dans mes deux pays bien distincts avec des gens différents, des styles différents, une cuisine et une langue particulières. À l'école : on se tient bien, on parle comme dans les livres, on entend une mouche voler et il ne faut jamais oublier les « Mercis » et les « S'il vous plaît ». À la maison : ça parle fort, ça hurle du dedans et du dehors, ça dit des gros mots. La télé aussi parle fort comme les jeux vidéo. Chez moi, ça mitraille sec, ça tue des gens, des monstres, des fruits et des bonbons et les écrans ne s'éteignent jamais. On parle une autre langue. Un mélange de mots d'école et puis d'autres, des gros, des interdits et même des inventés. Avant, « Merci, au revoir et bon appétit » côtoyait « Vas-y enfoiré, casse-toi bouffon à lunettes et viens bouffer ». Pas de prise de tête, et tout était clair entre ma classe bien rangée et ma maison loufoque. Il suffisait de ne pas se tromper de langage, de ne pas se mélanger les guibolles avec les mots, les expressions ni les façons. Mais, en général, mes deux vies école et maison ne se rencontraient jamais, sauf quand ma mère venait apporter des crêpes à la maîtresse pour les goûters spéciaux ou la kermesse de fin d'année. Là, j'étais fier de ma maman quand, à la demande de Mme Rubiella, toute la classe l'applaudissait pour la remercier.

– Alors, combien vous en avez fait cette fois, madame Dambek ?

– Cent vingt, comme ça y en aura pour tout le monde : les gamins et les gens qui travaillent à la cantine et au ménage.

Ma mère, elle est généreuse. Elle pense toujours aux gens qui travaillent dur discrètement, à ceux que personne ne remercie jamais. Elle est forte pour ça, ma mère. Elle est forte tout court d'ailleurs, ma mère. C'est pour ça que mes frères l'appellent parfois la grosse dondon. Ils se moquent. Ils blaguent mais, moi, j'aime pas trop quand ils le font, parce que maman ça lui fait mal aux jambes d'être forte, surtout quand elle monte les escaliers et qu'elle étouffe en plus.

Bref, avant qu'Hippolyte Castant vienne chez moi pour l'exposé, j'aimais ma mère. J'étais fier de ma mère. De mon père aussi et de toute ma famille, et je me sentais bien dans notre petit appartement.

Mais voilà, Hippolyte s'est pointé et tout s'est effondré. Ça a pété d'un coup. PAF ! Comme une bombe dans la tronche sur l'écran de la télé. Un cataclysme. Ma maison s'est écroulée et moi avec. Parce qu'après le choc de la réalité, derrière la fumée de mes idées, j'ai vu ma famille s'éloigner. Comme si d'un coup, je n'étais plus que d'un seul côté. Sur le trottoir d'en face à les regarder, maman, papa, Titi, Bibiche et Gilou, comme des étrangers. À cause d'Hippolyte et de l'exposé, je suis passé complètement dans le monde de l'école, de l'ordre, des livres, des devoirs et des héros de la grande histoire. Et tout à coup, mes deux vies ne se sont plus mélangées. Mo et Maurice Dambek ne pouvaient plus se saquer. Et vu que les deux c'est moi, c'était horrible.

C'est pourquoi j'ai décidé de raconter ce qui s'est passé. On ne sait jamais. Mon histoire pourra peut-être aider quelqu'un d'autre. Un enfant, un élève qui, comme moi, ne se sent plus à sa place dans un de ses deux mondes. Écrire, ça reste. C'est pour cette raison que je collectionne les vieilles cartes postales. Les mots de guerre, de vacances, d'amour, d'amitié ou de la météo. Ça reste, les mots. Ça traverse le temps et moi c'est ce que je veux. Traverser le temps et devenir un héros.

Pour que vous compreniez bien ce qui m'est arrivé, je vous laisse entrer chez moi.

C'est au 2 de la rue des Cordilles. Quand j'étais petit, je disais « rue des Crocodiles ». C'était plus chouette. Tout est toujours plus chouette quand on est petit.

Bon, bah ! Entrez ! Pas la peine de sonner, ça marche plus. De toute façon, chez moi, c'est toujours ouvert.

2

Le 2 rue des Cordilles, c'est dans le quartier des romanichels. C'est comme ça qu'on l'appelle dans la famille, le quartier. Il y a un paquet de noms différents pour parler des gens du voyage. Chez nous, on dit « romanichels » ou « romanos », mais Mme Rubiella m'a expliqué qu'il ne fallait pas dire ça, que c'était un peu méchant, dévalorisant, et qu'il valait mieux parler des « gitans ». J'ai pas relevé, mais dans ma tête j'ai tout de suite classé : « romanos et romanichels » chez moi, « gitans et gens du voyage » du côté de la maîtresse. J'ai l'habitude d'avoir un double lexique. C'est un peu comme d'être bilingue. Bref, les gitans-romanichels dans le coin, y en a qui les aiment bien, qui les défendent, d'autres qui beuglent : « Ce sont tous des voleurs, des bagarreurs ! Ils foutent rien de la journée à part jouer de la guitare, chanter, boire ou fumer ! » J'en sais rien. J'ai pas trop d'idées sur la question, vu que je ne connais pas bien leur histoire, aux romanos. Il paraît qu'avant les gitans étaient des nomades qui vivaient dans des caravanes, des roulottes. Moi, je pense que ça devait être chouette de se balader d'une ville à l'autre. En tout cas, les gitans de mon quartier, ils vivent comme nous dans des appartements, et franchement, je ne les trouve pas très différents des autres habitants. Ni plus gentils ni plus méchants, pas plus voleurs que mon frère Titi, et ils parlent aussi fort que nous, même si nous, on n'est pas des romanos. Maman y tient beaucoup. Nous, on est des Polacks. C'est comme ça que Patrick, le copain de papa, nous appelle. Il dit : « On va chez les Polacks. » C'est pas méchant dans sa bouche, c'est même plutôt tendre parce que Patrick nous aime beaucoup. On est donc d'origine polonaise du côté de mon père, c'est pour ça que je m'appelle Dambek. C'est écrit sur la boîte aux lettres. Mais ça fait longtemps qu'on ne parle plus un mot de polonais dans la famille. Heureusement, parce que vu que j'ai déjà deux langues (école et maison), en ajouter une troisième m'embrouillerait. Enfin, à part ma mère, on est tous nés là, dans le sud de la France, au bled quoi.

Dans mon quartier, on parle fort. On hurle de jour comme de nuit, on dit des gros mots, on rigole aussi. À la maison, pareil. Volume maximum, dedans comme dehors. Chez moi, le silence, ça n'existe pas. C'est pour ça qu'en CP, j'avais du mal à me concentrer. Dans la classe, le tic-tac de la pendule me foutait la trouille. Il a fallu que je m'habitue et que j'apprenne à doser mon niveau sonore, parce qu'à l'école je parlais trop fort et qu'à la maison on ne m'entendait pas assez.

– Putain, parle plus fort, on comprend rien à ce que tu baragouines ! me sermonne toujours Titi quand j'essaie de donner mon avis. Un homme, ça parle franchement. T'es pas une gonzesse ! Alors gueule, Mo, te laisse pas marcher sur les pieds !

Titi, c'est mon frère aîné. Il ne fait rien. Il a une voiture, c'est ça sa vie. Il veut faire de moi un homme et pour lui un mec, c'est le contraire des filles et des gens qu'il ne fréquente pas. Enfin, de l'idée que Titi se fait des filles et des gens qu'il ne fréquente pas. D'ailleurs, il ne dit pas « homme », mais « keum », « cousin » ou « frère ». Pour lui, tous les garçons sont des frères ou des cousins, sauf : les riches, les patrons, les intellectuels qu'il appelle « les bâtards », ainsi que tous ceux qui ne sont pas d'accord avec lui. Ça fait du monde. Titi, il s'embrouille souvent. Il est du genre nerveux, sanguin, comme dit mon père. D'ailleurs, depuis que je suis né, je n'ai jamais vu mon frère sans un bleu, une griffure ou une croûte de sang séché sur le visage. Il a dix-neuf ans et je ne sais pas trop ce qu'il trafique à part se bagarrer. Parfois il fait intérim, parfois allocs chômage, parfois un petit boulot de dépannage au supermarché. Mais la plupart du temps, il dit qu'il s'occupe de ses affaires et il appelle cela son « *business* ». Ce qui est sûr, c'est qu'il ne sait pas très bien lire ni écrire, mon frangin. Il n'a pas « fait le bac », comme dit ma mère. Il a quitté l'école en quatrième, enfin c'est l'école qui l'a foutu dehors, après lui avoir laissé toutes ses chances selon mes parents. Titi, il voit les choses autrement. Il dit que les profs n'ont rien compris. Que lui, sa chance, il la voit ailleurs que dans une salle de classe et qu'on n'a pas besoin de « s'emmerder » avec les livres pour réussir. Je ne comprends pas trop ce qu'il veut dire – vu que les livres, j'aime ça –, mais en attendant c'est moi qui l'aide à remplir ses papiers pour les allocs ou son intérim. En échange, il me propose des tours de bagnole quand je rentre de l'école.

Les tours de bagnole avec Titi, j'adore.

– Allez, Mo, pose ton cul à l'arrière, je t'emmène en bringue !

Il met la musique à fond, il ouvre toutes les portières pour ennuyer son monde, il s'allume une clope qui sent la tisane et il attend une bonne dizaine de minutes, parfois plus. Je ne sais jamais quand il va décoller, mais ce qui est sûr c'est que quand il est dans sa voiture en mode dar, Titi, il ne calcule personne. Les gens peuvent toujours gueuler comme l'écrivain du dernier étage, il s'en tape, Titi, il fait des doigts d'honneur et tant qu'on ne touche pas à sa caisse, il reste calme. Il kiffe la musique. Parfois, j'en peux plus de son rap et de ses boum-boum-boum qui font battre le cœur dans le ventre, mais je tiens bon, parce que je sais que Titi finit toujours par décoller et que les tours en bagnole avec lui, c'est chanmé.

– Allez, on s'arrache !

Quand mon frère donne le top du départ, je me transforme un peu en steward. Un, je pousse les poubelles pour qu'il puisse déboîter. Deux, je claque toutes les portières. Trois, je mets ma ceinture. Quatre, Titi me regarde dans le rétro. Cinq, il décolle et ça décoiffe ! Les pneus crissent, les gens pestent, moi je me marre. Titi, quand il conduit, il a toujours le coude sorti, même en hiver sous la pluie. C'est comme ça qu'il roule, d'une main et la clope au bec. Parfois, on va loin. Jusqu'à l'autoroute gratuite. Il s'amuse à monter à plus de cent cinquante. J'ai la trouille, mais contrairement à sa musique, la vitesse, j'aime bien ce qu'elle me fait dans le ventre. Titi, il se moque du code de la route, parce qu'il sait où sont les radars. Il a un appareil pour ça dans sa voiture. Un truc qui sonne quand il faut ralentir pour ne pas se faire flasher. Et chaque fois qu'il passe devant les radars, il fait un doigt d'honneur, en gueulant :

– Je les ai niqués, je les ai encore niqués ces enfoirés de keufs.

Ça me fait rigoler. C'est son air content qui me fait rire. Mon frère dans sa voiture, on dirait qu'il a mon âge et qu'il joue aux gendarmes et aux voleurs. Ouais, après l'école, rouler avec lui, c'est comme une aventure.

Enfin, j'adorais ces aventures avec Titi avant. Avant qu'Hippolyte Castant ne se pointe chez moi.

3

– C'est à cette heure-là que tu rentres ? Où t'étais encore, Mo ?

– Bonjour m'man. J'étais avec Titi.

– Je veux pas que tu emmènes Mo en voiture. Tu m'entends, Titi ? Je te l'ai déjà dit. Tu roules trop vite.

Titi, il n'écoute jamais ma mère. Quand il rentre à la maison, il pioche une bière dans le frigo, il referme la porte d'un coup de pied et il file droit dans sa chambre. Rien à faire de ce que dit ma mère. Rien à faire de personne d'ailleurs, mon frère aîné, à part peut-être de mon père qu'il craint quand même un peu.

– Alors, Mo, t'as bien travaillé, mon chou ?

C'est toujours la première phrase de ma mère quand je rentre de l'école. Et ma réponse aussi est identique parce que j'aime bien l'école.

– Oui, m'man.

– Heureusement que t'es là, mon trésor. Tu vas l'avoir, toi, ton bac et tu vas leur montrer à tous c'est qui les Dambek ! Tu seras riche, intelligent et peut-être même président !

Ma mère, elle compte beaucoup sur moi pour plus tard. Elle dit :

– Tu l'auras bien en poche, toi, ton bac et ce jour-là, je t'achèterai une belle médaille en or avec ton nom et la date de ton diplôme, gravés dessus.

Ça me met un peu la pression, cette histoire de bac avec médaille. Je ne sais pas si je serai à la hauteur. Ça a l'air dur et puis je suis encore un peu petit. Le plus petit de la classe, même si c'est vrai que je suis bon élève. Le meilleur d'ailleurs, en dictée, en grammaire, en vocabulaire et en calcul mental. Dans ma famille, être fort à l'école, c'est pas vraiment une qualité, enfin je veux dire, devant mes frères Titi, Gilou et ma sœur Bibiche, faut pas trop s'en vanter. Rapport à leurs problèmes scolaires à eux. Tous des derniers ! Des redoublants. Des renvoyés même (pour mes deux frères). Alors forcément, ma réussite, ça les rend un peu nerveux. Moi, je ne suis pas sûr d'avoir envie du bac si ça m'éloigne de ma famille. Je le dis parfois à ma mère, mais elle ne veut rien entendre.

– Fais tes devoirs, Mo !

– J'en ai pas.

– Fais-les quand même !

Mes devoirs, c'est pas facile de les faire parce que chez nous la télé est toujours allumée et que Titi et Gilou, ils passent leur temps à tuer des mecs sur les écrans en poussant des hurlements de porcs égorgés.

– Ouaiiiiiiiiis ! Je me le suis faiiiiiiit ! Je me le suis fait cet enc…

Vous voyez le genre de commentaires vulgaires, le genre d'exclamations qu'à mon avis la maîtresse n'a pas idée. Moi, je partage ma chambre avec Bibiche. Enfin, quand je dis que je partage ma chambre avec Bibiche, c'est plutôt elle qui partage la sienne. Et là encore, partager est un grand mot. Ma sœur de quatorze ans, elle tolère seulement que je dorme dans le lit au-dessus du sien. Point. Pour le reste, la place qu'elle me laisse, c'est suivant son humeur et celle de ses copines qui débarquent. En général, dès qu'elle est rentrée du collège, elle me fout dehors ou c'est moi qui dégage parce qu'elle se met à chanter des chansons de variété. Elle chante faux, ma sœur. Faux et fort. Bibiche n'a peur de rien et elle a une grande gueule, comme disent mes frères. Alors pour avoir la paix, je prends mes livres, mes cahiers, ma collec' de cartes postales et je vais voir ailleurs.

Quand ses copines débarquent, c'est pire.

Elles se moquent souvent de moi et ma sœur en rajoute une couche. Ça fait comme une pétarade entre elles. Plus elles se payent ma tête, plus cela libère leur imagination et leurs éclats de rire. Je ne sais pas pourquoi je leur fais cet effet.

– T'es un premier de la classe, toi, Mo, hein ? Un Monsieur je-sais-tout ? Tu te la pètes en classe. C'est la sœur à Marie qui me l'a dit. Que tu faisais le beau avec la maîtresse.

– Eh, Mo, récite une poésie ! Allez, récite une

poésie, pour voir ! Allez, accouche, on va pas y passer la nuit !

– Eh, Mo ? Quatre cent dix-huit fois quatre, ça fait combien ? Allez, réponds, Tit'tête à lunettes. Tit'quéquette à lunettes.

Pour avoir la paix, je fais le calcul de tête ou je récite une poésie et puis, dès qu'elles me lâchent un peu, je m'enfuis. Elles me foutent la trouille, les copines de ma sœur, surtout quand elles commencent à me parler de mon zizi. Ça va pas leur tête, non ? On ne parle pas de ça aux garçons ! Quand je rapporte à maman ce qu'elles me font, elle me dit toujours :

– Oh, Mo, c'est pas grave, mon chou ! Elles sont bébêtes à cet âge-là, mais c'est pas méchant.

Je ne réponds rien à ma mère pour ne pas la contrarier mais, moi, je trouve que c'est quand même un peu méchant.

Les devoirs, finalement, je les fais toujours dans la baignoire. C'est là que je m'installe pour lire. Je suis bien. Parfois, je m'endors et c'est papa qui me réveille quand il rentre tout sale du boulot. Enfin, ce n'est pas du boulot boulot qu'il fait, c'est du « boulot au noir » et ça, j'expliquerai plus tard. Moi, j'adore quand mon père rentre de son travail de chineur, qu'il file dans la salle de bain et qu'il me réveille en douceur avec ses deux grosses mains rugueuses. J'adore les mains de mon père. Rien qu'en les regardant, on devine qu'il sait faire plein de trucs, que ses mains elles sont vachement bricoleuses. Mon père, il dit toujours la même chose quand il me réveille :

– Alors, mon grand, ça baigne ?

Ouais, avant ça baignait bien et ça me faisait rire. Maintenant, je la trouve un peu lourde sa blague.

4

Le mercredi où Hippolyte Castant a débarqué, quand j'y repense, c'est vrai qu'il est plutôt mal tombé. C'est Gilou qui l'a accueilli. Je n'étais pas en bas de l'immeuble, mais j'imagine mon frère assis par terre sur le trottoir devant chez nous en train de téléphoner. C'est tout ce qu'il fait le mercredi après-midi, téléphoner, fumer des cigarettes à la tisane ou tuer des méchants sur son écran. Et comme mon frère Gilou, il est tout mou et que c'est pour ça que Titi le surnomme « 2 de tension », il a dû mettre un temps fou à répondre à la maman d'Hippolyte.

– Bonjour jeune homme, nous recherchons la famille Dambek, Maurice Dambek, vous connaissez ?

Pas de réponse, j'imagine. Regard de carpe de Gilou.

– Jeune homme ? S'il vous plaît ? Maurice Dambek ?

Pas de réponse, sans doute. Et peut-être que la maman d'Hippolyte a continué comme ça un bon bout de temps avant que la boîte « vous avez un message » s'ouvre dans la tête de mon frère Gilou 2 de tension. Je ne sais pas comment ça s'est passé exactement, mais d'un seul coup je l'ai entendu meugler :

– Mo ! Mo ! Descends, t'as de la visite, on dirait.

J'ai aussitôt ouvert ma fenêtre, j'ai fait un petit signe de la main à Hippolyte et je me suis précipité dans l'escalier. Drôle d'idée aussi d'être en avance, ils auraient dû prévenir. Enfin, je suis descendu à toute berzingue et quand je les ai salués, ils étaient déjà tout pâles, plantés devant Gilou qui téléphonait en maugréant des « ouais, yolo, ouais, auch, auch cousin, auch, auch ». Sur le coup, je n'ai pas fait attention, pourtant quand je me refais le film, c'est très clair : Hippolyte et sa mère face à Gilou, ils étaient déjà pétés de trouille, estomaqués, déboussolés comme s'ils venaient de débarquer sur une autre planète. Mais comme à ce moment-là j'étais encore décontracté et bien dans ma vie, je les ai fait monter sans m'inquiéter.

Notre entrée d'immeuble est sombre et étroite, alors pour les guider, je suis passé devant et comme c'est pas poli, j'ai précisé :

– C'est au premier ! Je passe devant pour vous montrer.

Ce jour-là, il y avait du monde dans la cuisine. Ça parlait fort. Ça rigolait. Une sacrée ambiance comme d'habitude. Maman avait fait une pile de crêpes géantes, elle avait même acheté du vrai Nutella pour recevoir mon copain. Bibiche et ses trois copines prenaient déjà le goûter, ainsi que les enfants de tata Minou, mes cousins Jean et Lucille que garde ma mère de temps en temps. Il y avait aussi mon chien Grabuge et *Les Experts* à la télé.

– M'man, c'est mon copain et sa maman, j'ai annoncé fièrement en les faisant entrer. C'est pour l'exposé !

– Bonjour, madame, bienvenue, entrez, entrez ! qu'elle a dit ma mère, et puis comme toujours quand il y a des inconnus qui débarquent chez nous, elle a ajouté : Asseyez-vous ! Vous prendrez bien une crêpe ? Les crêpes, ça ne se refuse pas, ça met tout le monde d'accord ! Et de bonne humeur…

Maman a rigolé pour décontracter l'ambiance, mais ça n'a pas marché. Mme Castant avait l'air toute coincée entre le buffet et le détective Gil Grissom des *Experts*. Alors, ma mère a fait signe aux filles de dégager pour laisser leurs chaises aux invités, mais ma sœur et ses copines ont continué à glousser et à se gaver de crêpes sans nous calculer. Et puis Grabuge s'est mis à aboyer, à sauter, à lécher les invités. Une tête de zombie, la maman d'Hippolyte, fallait voir ça ! Sur le coup, j'ai pensé qu'elle avait peur des chiens, alors j'ai attrapé le collier de Grabuge et je l'ai emmené vers la salle de bain. Il n'arrêtait pas d'aboyer et, évidemment, quand je suis passé devant la chambre de Titi, Assassin s'est énervé. C'est à ce moment que Titi a ouvert en grand sa porte et qu'il a débarqué en caleçon dans la cuisine en braillant :

– C'est quoi ce bordel ? Pourquoi il aboie l'autre clébard ? Assassin est tout excité maintenant ! J'arrive plus à le gérer, sans déconner ! Ah, bonjour, m'dame, je savais pas qu'il y avait du monde, sinon je me serais habillé.

Il a serré vite fait la main de Mme Castant, il a pris une bière dans le frigo qu'il a refermé d'un coup de pied, et puis il est reparti vers les aboiements terrifiants de son chien Assassin, en marmonnant :

– Sans déconner, sans déconner, on me prévient jamais des gens qui débarquent dans cette baraque…

Je ne sais plus très bien comment les événements se sont enchaînés, mais tout à coup Mme Castant a levé le doigt comme à l'école et elle a lancé d'une voix toute fluette et perchée :

– Je crois que les garçons ont besoin de documentation. Est-ce que je peux emmener votre fils à la bibliothèque, madame Dambek ?

– Maintenant ? Mais où qu'ils vont travailler ?

– Chez nous. Pas de soucis, c'est juste à côté de la bibliothèque. Je vous le ramène pour dix-huit heures ?

Maman était un peu vexée, j'ai bien vu dans son regard que le départ précipité de mon copain lui faisait de la peine. D'habitude, personne ne refuse ses crêpes, alors du coup, elle a baissé la télé. Le silence a surpris tout le monde. Les filles ont arrêté de parler et mes cousins de se bagarrer. On n'entendait plus que les gros mots de Titi qui jouait sur internet, même Assassin s'était calmé. Maman a souri à Hippolyte et à Mme Castant et comme elle est polie, elle l'a remerciée en me demandant :

– Tu seras bien sage, Mo ?

– Oui, maman.

– Va chercher tes affaires. Pendant ce temps, je vais vous emballer des crêpes.

Et les rires des filles comme les cris de bagarre de mes cousins ont recommencé.

5

Dans la rue, la démarche ultrarapide de la maman d'Hippolyte ne s'est calmée que quand on a quitté mon quartier. Sur l'avenue des boutiques, elle a enfin lâché la main de mon copain et j'ai pu bavarder avec lui.

– C'est loin chez toi ? j'ai demandé.

– À côté de la biblio.

– Pourquoi ta mère elle veut qu'on aille à la biblio ? On a déjà deux livres sur les calamars, tu ne crois pas que ça suffit ?

Je lui ai rappelé que Mme Rubiella avait bien insisté sur la construction de l'exposé. Il ne fallait pas se faire noyer par la documentation, mais plutôt tout bien organiser, rester clair, et surtout comprendre ce qu'on racontait. Hippolyte n'a pas vraiment répondu. Il avait l'air ailleurs, pâle comme un linge (en langage maîtresse) ou blanc comme un cul (dans le jargon familial).

– Ça va ? je lui ai demandé.

– Moi, oui, mais toi ?

– Oui, pourquoi ? j'ai répondu.

– Bah, je sais pas… C'est ta famille, tout ça ?

– Quoi, tout ça ?

– Tous les gens qu'on a vus ? C'est dingue, vous êtes combien là-dedans ?

– On est six à y habiter, plus nos deux chiens Grabuge et Assassin, mais le mercredi y a souvent du monde qui passe à la maison, faut pas s'inquiéter. Bon, c'est vrai qu'on a aussi des invités le jeudi et le mardi soir parce que papa joue aux cartes avec ses copains… et le week-end on reçoit les cousins, d'autres copains, parfois des voisins.

Ça m'a fait rire. C'est vrai que je n'y avais jamais pensé, mais chez moi c'est souvent plein à craquer.

– Il y a de l'ambiance chez nous ! j'ai ajouté fièrement. C'est comme au café ou à la maison de quartier quand il y a des concerts ou des soirées !

Hippolyte n'a pas commenté, ni même rigolé. À croire qu'il n'avait jamais mis les pieds à la maison de quartier et qu'il ne pigeait pas ma blague. Il s'est contenté de hocher la tête.

Ensuite, un vent silencieux s'est faufilé entre nous et, comme le silence me fait toujours l'effet d'un cri, j'ai recommencé à parler, de tout, de rien, de l'exposé, mais Hippolyte a carrément décroché. Alors j'ai mis les mains dans mes poches et j'ai sifflé. Lui a simplement repris la main de sa mère. Celle-ci continuait à me regarder très très bizarrement. Un peu comme le médecin quand il s'assoit sur ton lit lorsque tu as chopé une grosse maladie, genre l'appendicite.

Il s'assoit, il te dit que ce n'est pas grave, mais dans son sourire gentil tu sens bien que c'est grave. Hyper-grave même ! Pourquoi Mme Castant n'arrêtait pas de me dévisager comme le docteur Lepeigneux quand j'ai eu l'appendicite ? Mystère. Mystère du moins jusqu'à ce que j'arrive chez eux. Mais avant de découvrir ce que j'allais découvrir et qui m'a bousillé mon mercredi et les jours qui ont suivi, on est entrés dans la boulangerie.

– Qu'est-ce que vous voulez pour le goûter, les enfants ? s'est renseignée Mme Castant.

Ça m'a surpris. Le goûter, je l'avais dans mon sac à dos ! Les dix super bonnes crêpes que ma mère nous avait soigneusement emballées.

– On a les crêpes ! je lui ai rappelé, considérant que, peut-être, elle les avait oubliées.

– Oui, mais je préférerais que vous mangiez un goûter plus sain. Il y a de l'alcool dans ces crêpes, elles sentent la bière à plein nez.

– C'est du rhum et une pointe de calvados ! j'ai fièrement rectifié, en parfait connaisseur. Faut pas vous en faire, c'est juste quelques gouttes que maman ajoute pour donner du goût. C'est son petit truc…

– Oui, mais… Bon, ça suffit. Qu'est-ce que tu veux goûter, Hippolyte ?

– T'es sûr qu'on ne peut pas manger les crêpes de Mme Dambek ? Elles ont quand même l'air super-bonnes, a insisté mon copain.

– Bon, bon, très bien… Alors une baguette, s'il

vous plaît, madame, a abdiqué Mme Castant, affichant un air très agacé face à la boulangère.

Avec Hippolyte, ça nous a quand même un peu fait rigoler et on est sortis prendre l'air.

– Il s'appelle vraiment comme ça, ton chien ? m'a demandé mon copain.

Rien à faire, il est revenu sur ma famille, ça commençait à m'énerver.

– Grabuge ?

– Non, Assassin, t'as dit ! Ça fout les jetons quand même. Il aboie fort !

– C'est le chien de Titi, mon grand frère. Il est râleur, mais pas vraiment très méchant. Il aime juste faire peur aux gens.

– Ah bon ?

– Je parle de mon frère là, j'ai répondu en souriant, fier de ma blague.

Hippolyte affichait deux gros yeux. Des yeux de calamar, j'ai pensé, au moment où Mme Castant est ressortie de la boulangerie. Elle avait un sachet dans les bras et elle m'a demandé si j'aimais les chocolatines. Comme je ne savais pas ce que c'était, elle m'a laissé glisser mon nez pour vérifier.

– Ah, les pains au chocolat ! Oui, j'aime bien ça, mais on a des crêpes…

Sans même me regarder, elle a fourré le paquet dans son sac et elle s'est remise en route à toute berzingue. J'aurais dû me méfier, rester chez moi, refuser d'y aller. Plus j'avançais, plus j'avais envie de rentrer et quand

Mme Castant est passée tout droit devant la bibliothèque sans s'arrêter, j'ai vraiment commencé à douter. Cette fois, c'est moi qui devais avoir une tête de cul blanc, comme dit mon père quand on est malade. Je me sentais nerveux, agité. Peut-être même que j'avais de la fièvre.

– On ne va pas à la bibliothèque, maman ? a demandé mon copain, lui aussi un peu surpris que sa mère ne stoppe pas.

– Non, Maurice a raison, finalement, je crois que vous avez assez de documentation. Au moins à la maison, vous serez au calme.

C'était ça. Un coup monté. Mme Castant avait fui notre appartement ! Tout le reste du chemin, je me suis demandé pourquoi. Pourquoi elle était partie si vite ? À toute blinde comme Titi quand il décolle du quartier. Quoi, ça puait chez nous ? C'était trop moche pour y passer un après-midi ? Trop bruyant ? Les réponses cavalaient dans ma tête. Des réponses qui faisaient mal au ventre comme la musique de Titi à coups de boum-boum-boum. Des réponses qui me rendaient honteux, sale et tout rabougri.

En entrant dans leur jardin, j'ai compris.

En découvrant leur belle maison aussi.

Chez Hippolyte, c'était comme à l'école. Pareil. Calme, propre, bien rangé, silencieux.

Mon monde s'est écroulé dans son salon blanc quand j'ai découvert la vérité.

Tous les enfants de la Terre n'étaient pas comme moi à se débattre entre deux pays, deux langues, deux histoires. D'ailleurs, j'aurais dû y penser avant, parce qu'Hippolyte, il n'a pas de surnom, lui. C'est Hippolyte à l'école et Hippolyte chez lui. Le même. Celui qui m'a pris la main pour me faire visiter sa maison bien ordonnée, commentant tous les détails à la façon d'un guide de musée.

– Là, c'est le salon. Regarde ce mur de photos ! Ce sont tous les gens de notre famille qui sont connus. Certains sont morts, mais ils ont tous été célèbres. Lui, c'est un prix Nobel de physique, lui, c'est grand-père Henry, écrivain et historien. Elle, c'est mon arrière-grand-tante, une journaliste qui a fait plein de photos pendant la guerre de 40. Et voici oncle Jacques, acteur à la Comédie-Française, il a aussi joué dans des films avec Gérard Depardieu. Là, c'est cousin Émile... Qu'est-ce qu'il a fait déjà, le cousin Émile, maman ? a demandé mon copain à sa mère, qui a aussitôt débarqué pour tout nous expliquer avec un air de présentatrice des informations.

– C'est un chirurgien qui a sauvé la vie de centaines de personnes en Haïti, après le terrible tremblement de terre en 2010. Il est médecin du monde ! Et il a reçu la Légion d'honneur, tu sais, Maurice.

Prix Nodel, journaliste de guerre, Gérard Depardieu, médecin du monde, Région d'honneur : tous les nouveaux mots importants se bousculaient dans ma tête et j'ai soudain eu envie de vomir. Alors, j'ai demandé si je pouvais aller me laver les mains avant de commencer l'exposé. Je me suis enfermé dans la salle de bain et j'ai plongé dans la baignoire. Une habitude. Un refuge. Mais ce n'était pas ma baignoire. Celle des Castant était immense, neuve, blanche avec des flacons chics et du parfum à côté du robinet. J'ai pas pu me retenir. J'ai pleuré.

Une vraie gonzesse, j'ai pensé. C'est ce qu'aurait dit Titi s'il m'avait vu. Mais je m'en moquais de Titi, je m'en moquais de Gilou, de Bibiche, de papa et de maman, parce que chez nous il n'y avait pas de murs de photos. Non, chez nous, y avait pas de héros. Rien que des zéros !

6

Que mangent-ils ? Où vivent-ils ? Comment se reproduisent-ils ? Comment se déplacent-ils ? Sont-ils intelligents ?

Niveau calamars, j'étais au point. On avait bien travaillé avec Hippolyte et l'exposé était presque terminé. Sa mère nous avait même aidés à réaliser un petit montage photographique qu'on pourrait montrer à toute la classe. J'aurais dû rentrer chez moi content. Fier. Tout raconter à ma mère, monter les escaliers quatre à quatre et lui hurler : « M'mam ! Tu sais que certains calamars peuvent voler ? »

Oui, mais voilà, ça ne s'est pas passé comme d'habitude. Mon regard avait complètement changé. J'étais désespéré car, comparé à la maison d'Hippolyte, chez moi, tout me semblait moche, mon quartier, mon appartement et même les crêpes de maman, transformées en bouillie au fond de mon sac.

– Ça roule, Tit'tête ? m'a demandé Gilou qui était encore en train de téléphoner en bas de chez nous quand je suis revenu de chez mon copain.

J'ai même pas répondu. J'ai monté les escaliers tout

doucement, j'avais l'impression d'avoir quatre-vingts ans. Dans le salon, Bibiche regardait la télé en se mettant du vernis multicolore sur les ongles des pieds.

– On voit ta culotte, je lui ai fait remarquer.

– Et alors ?

– C'est pas joli. On ne montre pas sa culotte à ton âge ! Ils ne font pas ça, les gens connus.

– De quoi je me mêle ? J'suis pas connue ! C'est bon, vas-y, lâche-moi avec ça ! Tu l'as déjà vue ma culotte, bouffon à lunettes !

Bibiche m'a jeté un coussin, je n'ai même pas riposté. Dans la cuisine, maman épluchait des patates au milieu de tata Minou, des cousins, de Grabuge et des candidats de *Questions pour un champion*. J'ai repensé à la question d'Hippolyte. « Vous êtes combien là-dedans ? » J'ai commencé à étouffer.

– Coucou, Mo, t'en fais une tête ! a remarqué tata Minou en m'embrassant. Il est malade ? s'est-elle informée auprès de ma mère, tout en exécutant une sorte de prise de karaté pour me coincer sous son aile et me tâter le front.

C'est qu'elle est costaude, tata Minou, presque aussi forte que ma mère.

– Il est chaud ? lui a demandé maman, d'un air inquiet.

Je me suis libéré nerveusement en m'agitant comme une toupie.

– Je ne suis pas malade, juste fatigué ! j'ai répondu. Je vais dans ma chambre me reposer.

Je comptais profiter que Bibiche regardait la télé pour réfléchir au calme à ce qui m'arrivait, mais les cousins ont voulu jouer. Ils m'ont suivi tout excités.

– Mo, on vient avec toi ! On vient avec toi !

– Non ! Lâchez-moi ! J'ai pas envie de jouer.

J'ai vu ma mère et sa sœur se regarder comme deux calamars géants avant de fondre sur leur proie.

– Mo, qu'est-ce qui se passe, mon chou ? C'était pas bien ta journée chez ton copain ? T'as pas mangé trop de crêpes, au moins ? Je t'ai déjà dit, pas plus de trois à la fois !

– C'est pas les crêpes ! On s'en fout des crêpes, m'man ! Ça compte pour du beurre, les crêpes dans la vie ! C'est pas comme ça qu'on gagne des médailles ! Ni des prix Nodel.

J'étais tellement énervé que j'ai failli sortir les crêpes en bouillie qu'on n'avait pas mangées, mais je me suis dit que c'était exagéré. Que même si j'étais en colère, je ne pouvais pas tuer ma mère. Et j'en étais certain, si maman apprenait qu'on n'avait pas mangé ses crêpes, elle en mourrait. De honte, de colère, de chagrin, je n'en sais rien, mais c'était évident. Alors, j'ai filé. J'ai fait comme la mère d'Hippolyte, j'ai tourné les talons et j'ai fui sous les applaudissements du public de *Questions pour un champion.*

– Boudou ! a commenté ma tante derrière mon dos. Il a déjà commencé son adolescence ou quoi, le petit ?

À cause des cris hystériques de ma sœur face à

l'apparition de son acteur préféré à la télé du salon, j'ai pas entendu ce qu'a répondu ma mère. J'ai filé et, pour la première fois de ma vie, j'ai claqué la porte de ma chambre d'un coup de pied, façon Titi.

VLAN ! Enfin tranquille. Ça m'a fait du bien.

– Zarma Mo. T'es yomb ou quoi ?

– Gilou ! Mais qu'est-ce que tu fais sur mon lit ? j'ai hurlé. T'étais en bas… Qu'est-ce que tu fous là ?

– Ooooooh yolo, mec ! Yolo ! Qu'est-ce qui te prend ? J'ai besoin de téléphoner soumsoum, tu vois ? Je veux pas que Titi écoute et je me caille dehors maintenant. Donne-moi dix minutes, après, je te jure que je m'arrache de ta piaule.

– Pfff ! C'est nul. C'est ma chambre quand même ! Pour une fois que Bibiche ne chante pas.

– Dix minutes, mec ! Tu vas pas me chier une pendule !

– C'est nul ! Tu devrais plutôt apprendre à parler correctement avant de téléphoner !

J'ai refait claquer la porte avec mon pied.

VLAN.

Une fois de plus, je me suis retrouvé dans la baignoire à mariner.

Pas marrant.

J'ai nagé avec une bande de calamars dans les eaux froides du cercle polaire. Et tout à coup, un mollusque colossal a surgi des icebergs. Un vol plané de trente mètres au-dessus de ma tête. La journaliste de guerre a pris une photo. J'ai vu que le calamar géant avait une médaille sur son manteau vert. Une médaille de Région donneur, j'aurais juré. Il fonçait vers moi, prêt à plonger sur sa proie. Son poids pouvait atteindre 450 kilos et sa taille 10 mètres. Son cerveau avait une forme de donut, ses yeux globuleux ne me lâchaient pas. J'ai vu ses tentacules et ses crochets pivotants très acérés. Pas de doute, il allait me bouffer.

– Il va me bouffer ! j'ai hurlé. Maman, au secours, il va me bouffer !

Et je me suis réveillé devant les grosses mains noires de mon père, qui m'ont aussitôt repêché.

– Ça a pas l'air de baigner, fils ? Qu'est-ce qui se passe ? m'a demandé papa.

– Rien. Je suis fatigué, c'est tout.

– Allez, viens, mon grand, on va casser la croûte ! Ça va te remonter !

Papa a ôté sa vieille chemise de travail, puis il s'est lavé les mains et le visage. L'eau du lavabo était toute noire comme mes pensées.

– T'as un souci ? Y a quelque chose qui te tracasse, Mo ? m'a-t-il encore demandé en enfilant une chemise propre et bien repassée.

C'était tout embrouillé dans ma tête. Et je ne savais pas comment parler à papa de mon regard qui avait changé. De mon monde qui s'était écroulé. Des photos de héros sur le mur d'Hippolyte ni des crêpes de maman qu'on n'avait pas mangées. Alors, j'ai menti. J'ai fait semblant d'être comme avant.

Un bon petit gars sans tracas.

7

Mon père est chineur-ferrailleur-brocanteur. Il fait le tour des poubelles, des greniers, des caves. Il ramasse plein d'objets abandonnés. Des cafetières, des vases, des lampes, des télés, des livres, des DVD, des cartes postales, des chaussures, des boutons, des clous, des vis et aussi des meubles, des jouets, des machines à laver. Il met tout ce qu'il trouve dans le camion de son copain Patrick qui travaille avec lui et puis après, il entrepose les vieilleries dans un garage qui se trouve à la sortie de la ville. Ensuite, il répare. Il recolle. Il cloue. Il soude. Il ponce. Il visse. Il recycle. Il est fort en bricolage, mon père ! Le samedi et le dimanche, il part avec son copain Patrick vendre tout ça sur les marchés de brocante ou les vide-greniers. Parfois, je l'accompagne. J'aime bien l'aider à trier et puis aussi à récupérer les vieilles cartes postales que je collectionne.

C'est un travail au noir. Il est temps d'expliquer.

Je n'ai pas tout de suite compris ce que ça signifiait, « travail au noir ». Au début, je pensais que c'était parce que papa se salissait les mains à cause des vieux objets. Mais un jour, j'ai osé poser la question à ma mère pour en avoir le cœur net. Au début, elle a esquivé :

– C'est trop compliqué à expliquer. C'est pas de ton âge, mon chou.

J'ai insisté.

– Si je peux poser la question, m'man, c'est que je peux comprendre la réponse. Souviens-toi, avec le père Noël ! C'était pareil. Quand je savais, mais que je ne voulais pas savoir, je ne te demandais pas s'il existait. Et quand j'ai vraiment voulu savoir, je t'ai posé la question.

Comme toujours lorsque je l'embrouille avec mes idées, ma mère a fini par céder.

– C'est bon ! T'as gagné, Mo. Je vais t'expliquer.

Et elle a refermé la fenêtre. On aurait dit que le travail au noir, c'était comme un secret. Maman m'a tout raconté en murmurant, me précisant qu'il ne fallait pas en parler à l'école parce que mon père, normalement, il n'avait plus le droit de travailler. À cause de son accident dans son ancien job de soudeur. Une machine lui était tombée sur la jambe et PAF ! une béquille à vie. Depuis, il traîne la patte et surtout il touche des sous, ça s'appelle une pension d'invalidité, parce qu'il ne peut plus faire son métier de soudeur. Mais comme on est six à la maison, plus Grabuge, plus Assassin, et que ma maman ne travaille pas souvent, alors mon père il a monté sa petite affaire pour compléter sa pension. En douce, il fait le brocanteur. C'est ce genre de boulot qu'on appelle « au noir », c'est-à-dire en sous-marin, soumsoum comme dit Gilou, et ce n'est pas vraiment autorisé par la loi, même si d'après ma mère beaucoup de gens font ça. Enfin bref, rien à voir avec le fait que mon père revient toujours sale des poubelles ou des greniers. Voilà, j'ai expliqué le travail au noir (mais il ne faudra pas le raconter).

Au dîner, j'ai rien pu avaler. J'en avais gros sur la patate, alors les frites de maman, j'ai évité.

– Mange, Mo ! n'arrêtait pas de me dire ma mère, pendant que le sel, le pain, la mayo, le ketchup, le coca-cola valsaient sur la table dans un chassé-croisé désordonné.

– Bon, qui vient avec moi ce soir pour biffer ? s'est informé mon père en coupant le son de la télé.

Ça a toujours été une affaire sérieuse pour mon père le soir des encombrants, c'est-à-dire une fois par mois. C'est à ce moment que les gens déposent sur les trottoirs ce qu'ils ne veulent plus voir chez eux, afin que la benne des éboueurs les emporte à la déchetterie. Mais mon père et Patrick, ils sont malins. Ils passent avant les éboueurs pour récupérer tout ce qui peut être sauvé, réparé et remis sur le marché.

Mon père a répété sa question. Titi a plongé la tête dans son assiette, Gilou aussi, Bibiche aussi. De vrais lâches ! j'ai pensé. Des zéros.

– Les enfants, c'est les encombrants ce soir, j'ai besoin d'un coup de main pour la ramasse, vous le savez !

– Et le fils à Patrick, il vient pas vous aider ? a demandé Gilou.

– Non, il est pris ce soir et il nous faut quelqu'un pour porter les objets lourds. Titi ?

– Je peux pas ce soir, p'pa. J'ai rencart avec une meuf.

– On dit une fille d'abord ! J'aime pas qu'on insulte les femmes ! a lancé mon père, d'un air mécontent.

J'ai relevé la tête. Ça m'a fait plaisir que papa dispute Titi sur son vocabulaire, surtout depuis que j'avais découvert que la langue de mes frères n'était pas une langue étrangère, mais juste un mauvais français et que dans la famille des héros et des gens médaillés, ce n'était pas ce langage-là qu'on utilisait, mais celui de la maîtresse et de la famille Castant. Ça m'a fait drôlement plaisir, la remarque sévère de mon père, même si je sais que papa non plus ne parle pas toujours la langue de la maîtresse.

– J'insulte pas les filles, p'pa ! a voulu se justifier Titi. C'est comme ça qu'on dit nous les jeunes, c'est pas une insulte de dire « meuf ». Gilou ? Bibiche ? J'ai raison ou pas ?

– Peut-être, mais meuf c'est pas du beau français ! j'ai répondu.

– Oh, l'autre, de quoi tu te mêles ? « Du beau français » ! Pour qui y se prend l'autre bouffon ? T'es en CM2, pisseux, alors ferme-la. T'es qu'un bébé, un mioche, un minus…

Je me suis levé pour le taper, mais ma mère nous a demandé de nous calmer.

– Mange, Mo ! Qu'est-ce que tu as ? T'es tout énervé. Je t'ai jamais vu comme ça !

– Il est amoureux, a lancé Bibiche en gloussant dans sa barbiche.

– N'importe quoi ! j'ai répondu.

– Il regarde les culottes des filles, a poursuivi ma sœur. L'amour commence à le travailler dans son slip, on dirait.

– Je ne regarde pas les culottes des filles, n'importe quoi ! C'est toi qui montres ta culotte à tout le monde, faut pas confondre.

– Là, il a pas tort, le mioche, a noté Titi. Franchement, papa, tu devrais l'engueuler, Bibiche. T'as vu comment elle se sape pour aller au collège ? Elle fait trop sa belle avec ses jupes au ras du cul. Faut qu'elle se calme, sinon elle va avoir une sale réputation…

– De quoi je me mêle ? a grondé Bibiche en se levant d'un coup elle aussi. Tu t'y connais, toi, en réputation ? Je rêve ! Tout le quartier se plaint de toi et de tes copains. Vous foutez rien de la journée à part fumer et faire vos embrouilles…

– Oh ! Cool. Yolo, yolo, les mecs ! a tempéré Gilou 2 de tension. C'est la guerre ici ou quoi ? J'étais pas au courant. Ils en ont parlé aux infos ?

– Vous me fatiguez, les enfants, vous me fatiguez ! a soupiré mon père en cachant son visage derrière ses grosses mains burinées comme si la réalité l'aveuglait.

Sur ce, tata Minou s'est levée. Elle a dit qu'elle partait, qu'elle était pressée d'aller se coucher parce qu'elle devait se lever tôt le lendemain à cause de son nouveau boulot d'intérim.

– Du ménage ! elle a précisé. J'embauche à cinq heures.

Ma tante a pris ses enfants sous les bras et ma mère l'a raccompagnée jusqu'à la porte. Son départ précipité a calmé tout le monde. Pour une fois, il y avait un peu de silence autour de la table de la cuisine, mais comme on n'est pas habitués, ça n'a pas vraiment détendu l'atmosphère. C'était comme si on étouffait sous un couvercle de cocotte-minute. À la télé, il y avait des images d'immigrés sur des bateaux bondés. Des centaines de personnes. Des grands, des petits, même des bébés qui avaient chaviré. Et des mamans qui pleuraient. J'ai repensé au chirurgien sur les photos de famille des Castant. Au cousin d'Hippolyte qui avait sauvé la vie à des gens après un tremblement de terre. Les images défilaient en boucle comme des poissons dans un aquarium et je n'arrivais pas à m'en détacher. Dans ma tête, ça criait : « Moi aussi, je veux sauver des mamans ! Des bébés et même des vieux pépés ! Moi aussi, je veux être un héros ! Moi aussi je veux un mur de photos ! »

– Je viens avec toi, papa ! j'ai déclaré d'un ton sérieux. Moi, je vais t'aider à aller biffer.

– Je te remercie, Mo, et je suis fier de toi. T'es le plus courageux…

– Oh, l'autre. Il a dix ans ! s'est moqué Titi, en coupant la parole à mon père. Tu parles d'un courage. Il sait très bien que tu vas refuser son aide, p'pa…

– Ça suffit, Titi ! a hurlé papa en cognant le poing sur la table. J'en ai marre de cette famille de bras cassés ! Mo, il est peut-être le plus petit, mais c'est le plus sage d'entre vous tous et le plus travailleur. Alors, primo, je vous demande d'arrêter de vous moquer de lui !

Là, je me suis senti un peu gêné quand même. C'était exagéré.

J'ai vu Bibiche lever les yeux au ciel, Titi se gratter la tête en faisant claquer sa langue sur son palais. J'ai vu ma mère se frotter le front comme si elle avait des toiles d'araignées qui l'aveuglaient. J'ai vu Gilou soupirer, mon chien Grabuge bâiller, j'ai vu une publicité pour une voiture de luxe avec une fille aux gros seins. Du coup, j'ai repensé à la réflexion de Bibiche sur mon zizi qui se réveillait dans mon slip. Peut-être qu'elle avait raison ? Peut-être que j'étais complètement en train de muter. Peut-être que je devenais dingue avec mes nouvelles idées. Heureusement, mon père a enchaîné :

– Deuzio, je vous embarque tous les trois ce soir, on ira plus vite à ramasser. Bibiche, Titi et Gilou, allez, ouste ! Allez mettre une tenue pour m'aider !

Mes frères et ma sœur ont râlé, j'ai senti dans leur regard qu'ils me détestaient comme si tout était de ma faute, parce que j'avais dit que je voulais aider mon père à chiner. Ils sont partis se changer en traînant les pieds et papa a tapé sur son genou valide pour que je vienne m'asseoir dessus. J'ai obéi.

– T'es trop jeune pour cavaler la nuit à faire le tour des poubelles, Mo. Pis, j'espère que quand tu seras grand, t'auras pas à le faire. J'ai du mal avec les autres, mais toi, je sais que tu files droit. Alors, va te reposer et travaille bien à l'école demain, c'est tout ce qu'on attend de toi. Kapish ?

– Kapish, p'pa.

J'étais content, mais je me sentais quand même un peu honteux. À vouloir être courageux, je me retrouvais tout seul à ne rien faire. Ce n'était pas très juste vis-à-vis des autres. Alors, j'ai proposé à Titi d'aller promener Assassin quand maman sortirait Grabuge.

– Je sais pas si je peux te faire confiance, a lancé Titi. À cause de toi, j'ai raté mon rendez-vous, Tit'tête.

– Elle t'attendra, j'ai dit. Si la fille t'aime, elle t'attendra. Mais papa, lui, ce soir, il a vraiment besoin de nous.

Titi m'a regardé avec un drôle d'air.

Moi, je l'ai observé comme un étranger.

Titi m'a gratté la tête affectueusement.

J'ai réussi à lui sourire comme avant.

– D'accord, Mo, tu peux sortir Assassin. Mais, fais gaffe ! Je te fais confiance, là. Ne me déçois pas, cousin.

J'ai acquiescé en reniflant pour me donner une carrure d'homme.

J'en ai bavé pour mettre sa muselière, à Assassin. J'en ai bavé pour le retenir, accroché à sa laisse, courant derrière lui, les muscles des bras tétanisés afin d'éviter qu'il attaque les chats du quartier, mais je me suis senti un peu important. Promener le chien de Titi, ce n'était pas rien. Une sacrée responsabilité qui faisait un peu héroïque quand même. Enfin, pas de quoi avoir sa photo sur le mur des Castant, j'ai pensé en me couchant. Non, promener Assassin, et que Titi m'appelle cousin, ce n'était pas suffisant.

8

Le lendemain matin, après l'exposé sur les calamars, la maîtresse nous a félicités et toute la classe nous a applaudis. Le montage photo avait fait une sacrée sensation. Pourtant, je ne me suis pas senti léger comme d'habitude lorsque Mme Rubiella me complimente. J'étais tout mou comme Gilou et les mollusques que je venais de présenter au tableau. La cloche a sonné et je n'ai même pas couru vers la récré avec Hippolyte. Je n'ai même pas sorti mon goûter.

– Qu'est-ce qui se passe, mon petit Maurice ? a demandé la maîtresse en rangeant nos cahiers. Tu t'es encore couché trop tard ?

– Non, madame.

– Quelque chose te tracasse alors ?

– Peut-être un peu, j'ai répondu avec un sourire poli.

Je ne voulais quand même pas inquiéter la maîtresse avec mes histoires de héros. Mais elle a insisté et elle s'est approchée pour s'asseoir à côté de moi, à la place d'Hippolyte. Ça faisait bizarre. On aurait dit une élève géante. J'étais impressionné.

– Qu'est-ce qui te chiffonne, Maurice ? Tu peux me le dire, tu sais. C'est aussi le rôle d'une maîtresse que d'écouter les soucis de ses élèves.

– C'est vrai ? j'ai demandé tout étonné.

Elle m'a offert son sourire. Ça m'a un peu allégé. Alors, je me suis lancé.

– Est-ce que vous avez des héros, vous, madame Rubiella dans votre famille ?

– Des héros ? Qu'est-ce que tu veux dire par là ?

– Des gens qui ont fait des choses importantes, des médecins du monde, des acteurs connus, des prix Nodel…

– Nobel, Maurice. Il s'agit d'Alfred Nobel, a précisé ma maîtresse. C'est le nom du chimiste suédois qui a donné sa fortune pour créer le prix Nobel. Cette distinction honore chaque année le travail d'un scientifique ou d'un intellectuel qui a fait progresser la société.

– Ah, j'ai répondu, un peu honteux de m'être trompé. Et dans votre famille, alors, il y a des prix Nobel ?

Elle a rigolé. Gentiment rigolé. Et puis elle a posé sa main délicate sur mon bras pour me signifier qu'elle ne se moquait pas de moi, mais que ma question était saugrenue.

– Rares sont les familles qui ont une personne honorée par un tel prix, tu sais.

– Hippolyte, lui, il a un tonton qui en a eu un ! C'est sur son mur de photos dans son salon. Un mur entier de héros, des gens qui ont fait des trucs géniaux ! Et vous aussi, vous êtes super, parce que maîtresse, c'est un travail important. Vous aidez les enfants à tout comprendre et les enfants c'est l'avenir de la société. Peut-être que vous pourriez avoir un prix un jour, pour vous remercier. Un prix Nobel de maîtresse.

Elle a encore élargi son sourire, je ne savais plus trop où j'en étais, j'ai ajouté :

– Mais chez moi… Y a personne. Personne qui fait avancer les choses, ça serait même le contraire…

J'ai baissé les yeux. J'ai failli pleurer et je crois que Mme Rubiella l'a senti parce qu'elle m'a serré les mains avec gentillesse.

– Maurice, dans toutes les familles il y a des personnes formidables. Un héros n'est pas forcément quelqu'un qui a une médaille, un trophée ou une cape de Zorro. D'ailleurs, ce fameux Alfred Nobel, tu sais ce qu'il a inventé ?

J'ai dodeliné mollement de la tête en respirant fort pour repousser les larmes qui se faufilaient au coin de mes yeux.

– La dynamite, Maurice ! On peut se demander en quoi cette invention est un progrès pour l'humanité.

Cette information m'a fait froncer les sourcils. La dynamite, ça me faisait penser aux terroristes et je détestais y réfléchir parce que ça me déclenchait des cauchemars. Je ne savais plus trop où j'en étais avec mes héros. Mme Rubiella m'embrouillait. Moi, je savais que Titi n'était pas un héros, ni Gilou, ni Bibiche, ni mon père, ni ma mère, ni tata Minou, ni même papi mal aux jambes, qui avait perdu tous ses souvenirs et qui moisissait dans une horrible maison de vieux à l'odeur de pipi.

– Tu devrais regarder les photos de ta famille, Maurice. Vous avez des albums à la maison ? Des vieilles photos ? Interroge tes parents ! Tes frères ! Ta sœur ! Tu verras, je suis certaine que tu vas trouver quelqu'un qui a fait quelque chose de formidable chez toi. Tout le monde est un héros à un moment de sa vie. Tu comprends ?

– Oui, maîtresse, j'ai répondu pour ne pas la contrarier, mais dans ma tête ça hurlait : « NON ! Je n'y comprends plus rien. » Et aussi : « Chez les autres peut-être, mais pas chez moi ! »

– Tu devrais aller jouer maintenant, Maurice.

C'est fou comme les grands veulent toujours qu'on aille jouer dès qu'on a un problème important. Moi, je n'avais pas du tout envie de taper dans un ballon, ni de courir après les copains. Je voulais un héros dans ma famille. C'était sérieux. La maîtresse ne pouvait pas comprendre l'ampleur de mon désespoir, tout simplement parce qu'elle n'avait jamais mis les pieds chez moi. Elle ne pouvait pas imaginer que je vivais dans une famille de dingos. Et de mon côté, comme je n'avais absolument pas envie qu'elle connaisse ma famille, je n'ai pas eu d'autre choix que d'obéir. Je ne lui ai pas dit que Titi avait fait de la prison parce qu'il avait volé des ordinateurs, ni que mon père faisait du travail au noir, ni que chez moi et dans mon quartier ça hurlait du dedans et du dehors, ni que je faisais mes devoirs dans la baignoire pour avoir la paix. Comment on peut raconter ça à une maîtresse ? Même à une super-maîtresse ?

Alors, comme tous les enfants du monde quand ils sont incompris des adultes, j'ai fait ce qu'on attendait de moi. J'ai rejoint les autres dans la cour et j'ai shooté dans un ballon pendant une demi-heure sans marquer un seul but.

5 pour eux. 0 pour mon équipe.

Je me suis senti nul.

Un nul dans une famille de nuls.

9

Les jours qui ont suivi furent les plus tristes de ma vie. Je trouvais tout moche et je me sentais aussi mal à l'aise à la maison que Mme Castant quand elle avait débarqué dans notre cuisine. Mes yeux ne voyaient plus comme avant. Mes yeux avaient changé de camp. Mes yeux étaient devenus méchants. Exactement comme ceux des gens qui jugent mal les gitans.

– Tu viens faire un tour de bagnole, Tit'tête ?

De mon territoire étranger, désormais, j'éprouvais de la pitié pour Titi. Je le trouvais débile à faire le beau dans sa voiture toute la journée. J'ai voulu lui en parler, mais le message est mal passé.

– Non, Thierry, pas envie aujourd'hui ! Et puis maman me l'a interdit, tu roules trop vite ! je lui ai répondu, en traînant les pieds sous mon cartable.

– Qu'est-ce qui te prend, Mo ? Pourquoi tu m'appelles Thierry ? a répondu mon frère, baissant aussitôt la musique.

C'était comme si je l'avais insulté. Il est sorti en trombe de sa voiture et il m'a poursuivi, l'air nerveux. J'ai stoppé. Il s'est planté devant moi. J'ai flippé.

– Tu m'appelles Thierry, maintenant ? C'est quoi ce délire ?

Mon frère attendait une réponse. Sautillant d'un pied sur l'autre, pointant son menton dans ma direction dans un mouvement de tête de poule affolée. Jamais il ne s'était vraiment énervé contre moi. Pas de cette façon en tout cas. Pas comme quand il provoque d'autres « bâtards » et qu'il finit par se battre. J'ai vraiment eu peur qu'il me cogne si je ne répondais pas. Mais d'un autre côté, je savais très bien que si je lui avouais que je le trouvais nul et paresseux, ça le rendrait dingue. Une impasse. Une paralysie. D'autant que Titi ne m'avait jamais frappé. Rien que l'idée me terrifiait.

– Alors, tu accouches ou quoi ? Qu'est-ce que t'as, Maurice Dambek ? Hein ? Qu'est-ce qui te prend, blanc-bec ?

Je n'ai pas pu m'empêcher de rigoler. La nervosité, sans doute. Moi non plus je n'avais jamais entendu mon frère m'appeler par mon nom en entier. Mon nom d'école et de carte d'identité. Dans sa bouche, Maurice Dambek sonnait comme le nom d'un personnage de BD.

– Bah, au moins, je te fais marrer ! a constaté Titi, avant de me libérer d'une tape sur la tête. Bouffon à lunettes, va ! La prochaine fois que tu m'appelles Thierry, je te noie dans ta baignoire. Kapish ?

– Kapish.

– Et dis à maman que je ne rentre pas manger ce soir, j'ai un *business* à régler.

– Un *business*, tu parles, j'ai marmonné en m'éloignant.

– Qu'est-ce que t'as dit ? J'ai mal entendu. T'as un truc à me dire, là, Maurice Dambek ?

– Non, Titi, j'ai crié. J'ai rien dit !

Il a démarré et j'ai eu envie de chialer.

J'avais eu peur de mon frère. Je n'aimais plus faire des tours de voiture avec lui. Ni manger les crêpes de ma mère. Ni lui raconter mes journées. Encore moins écouter les débilités qui défilaient devant Bibiche à la télé. Même Grabuge me faisait pitié avec son poil tout râpé.

– Alors, Mo, t'as bien travaillé, mon chou ?

– Oui, m'man.

– Tu veux goûter ?

– Non, m'man, j'ai pas faim.

– Alors, va faire tes devoirs.

Et auprès de ma mère, j'ai tenté de me révolter.

– Pourquoi il y a que moi et papa qui travaillons dans cette maison ? Pourquoi Bibiche, elle fait jamais ses devoirs ? Pourquoi tu la grondes pas ? Ni Gilou. Ni Titi.

Maman m'a regardé d'un drôle d'air. D'une tête un peu moche et sévère. Mi-triste, mi en colère.

– Tu ne vas pas t'y mettre, toi aussi ! elle m'a répondu, se redressant avec difficulté de la machine à laver le linge, qu'elle était en train de vider. Mo, viens ici ! Viens me voir et assieds-toi.

J'ai obéi.

Elle avait l'air drôlement furieuse. Pourtant, je n'avais pas dit grand-chose. J'avais juste énoncé une vérité : avec papa, j'étais bien le seul à bosser. Je me suis assis, affichant une mine boudeuse pour me donner un peu de courage face à ma mère qui s'était installée à la table de la cuisine devant une tasse de café.

– Tu crois que je fais quoi de mes journées, mon fils ? Que je me balade ? Que je dors ? Tu sais combien de machines je lance par semaine ? Combien de légumes j'épluche ? Combien de fois je monte et je descends ces foutus escaliers pour aller en courses et nourrir toute la famille ?

– Je sais, m'man. Mais ce n'est pas du travail ce que tu fais. Les ménages, les courses, garder les petits de tata, c'est pas du vrai travail, ça.

– Ah bon ? Et c'est quoi du vrai travail pour toi ?

– Des choses importantes comme sauver des vies, inventer des nouveaux médicaments, prendre des photos de guerre ou… être maîtresse d'école.

Ma mère a soudain eu l'air accablée. Elle était si loin de moi que j'ai eu envie de sauter dans ses bras pour la rattraper. Envie de lui demander de me pardonner et de tout lui raconter. Mais j'étais coincé. Immobile, malheureux et étouffé entre deux vies. Celle de Maurice Dambek et celle de Mo. Celle des gens super-importants et celle des habitants du quartier des romanos. Un précipice entre les deux et aucune envie de choisir. Ma mère a soupiré. Longtemps. Elle a réajusté sa coiffure, elle s'est essuyé le visage avec un torchon, elle a avalé une gorgée de café, puis elle m'a répondu d'un air morose :

– On fait ce qu'on peut, Mo. Chacun fait ce qu'il peut et on n'est pas tous égaux. Tu comprends ?

– Oui, m'man.

C'était faux, en réalité je ne comprenais rien à ce qu'elle voulait me dire, parce que justement Mme Rubiella venait de nous parler de la République et de la Déclaration des droits de l'homme et du citoyen de 1789, qui commençait par : « Les hommes naissent et demeurent libres et égaux en droit. » Franchement, pour moi, ça devenait compliqué.

– Toi, t'es intelligent, Mo, et travailleur. Tu peux réussir à l'école et décrocher des diplômes. C'est pas le cas de tout le monde.

– Toi aussi, maman, t'es intelligente et travailleuse ! Pourquoi t'as pas passé le bac ?

Ma question lui a fait baisser les épaules, la nuque et puis la tête comme un jeu de dominos qui s'effondre. Ça m'a vraiment inquiété. Moi, ce que je voulais, c'était être fier de ma famille, trouver un héros, pas mettre ma mère KO. Elle a poursuivi en relevant la tête :

– J'ai fait ce que m'a demandé ta grand-mère, Mo. C'est ce que font les enfants bien élevés : écouter leurs parents. Et c'est aussi ce que tu vas faire, mon fils. Alors, ne juge pas ta famille et file faire tes devoirs !

Je me suis levé. J'attendais un bisou. Au moins un câlin. J'avais besoin de sentir les doudounes de maman sur mon visage. Me réfugier contre sa poitrine toute ronde pour comprendre ce drôle de monde où les gens n'étaient pas égaux. Mais maman était dans ses pensées, toute chiffonnée. Timidement, je me suis quand même rapproché.

– Qu'est-ce qu'elle t'a dit de faire ta maman, m'man, quand t'étais jeune ?

– De m'occuper de mes frères, et puis après d'aller travailler. J'étais une bonne élève, tu sais. Pas aussi forte que toi, mais pas mauvaise non plus…

– C'est vrai que t'es forte aux mots fléchés ! j'ai répondu pour lui remonter le moral.

Ça l'a fait rigoler.

– J'ai arrêté l'école pour aider ma famille. Gagner des sous. Tu comprends, Mo ? Et aujourd'hui je travaille à la maison. C'est peut-être pas un vrai travail, mais pour moi c'est important. Le plus important, même.

Ma tête était tout embrouillée. Est-ce que maman était une héroïne ? Est-ce qu'il existait un prix Nobel pour les gens généreux ? J'avais dix ans, je ne savais rien et mon cœur était triste. J'avais blessé ma mère et je réalisais que je ne pouvais pas tout lui confier. Impossible de lui raconter que ma vie normale s'était effondrée, ni que mon regard avait changé. J'étais comme un cow-boy solitaire au milieu du désert. Une terre aride et hostile, remplie de serpents à sonnettes qui me susurraient : « Tous des zéros, pas de héros, zéros héros… » Alors, sans hésiter, je me suis pelotonné dans les doudounes de ma mère. Là, au moins, Maurice Dambek et Mo ne faisaient qu'un. C'était désormais le seul refuge où je me sentais bien.

10

Le dimanche suivant, c'était un jour de vide-grenier en ville. Le grand déballage annuel. Un jour important où mon père gagne souvent pas mal d'argent. La biffe avait été bonne aux encombrants et comme d'habitude mon père et son copain Patrick passèrent le samedi soir à fixer les prix sur la liste d'objets récupérés, pendant que maman faisait sauter des centaines de crêpes qu'elle réchaufferait et vendrait le lendemain sur le stand.

– À combien on le fait le buffet en formica ? Et le nain en porcelaine ? Et la boîte à boutons ? Et la chocolatière ? Et le samovar d'URSS ? Et la liseuse en rotin ?

D'habitude, j'aime bien participer à cette séance très professionnelle. J'adore les noms des objets que Patrick et mon père énumèrent. Des noms savants et historiques. Des noms de l'ancien temps. Des mots que la maîtresse doit connaître, elle qui sait tout sur tous les mots et leur orthographe. Disques vinyles, rabots, carafons, moulins à café, lot de verrerie, assiettes en porcelaine, coquetiers, raviers, gravures, literie brodée au point de croix… D'habitude, je me sens fier de noter sur le papier les noms des objets et leur prix juxtaposé. Je trace des colonnes à la règle. Je me sers de mon stylo à quatre couleurs pour classer les objets suivant leur valeur estimée. Bleu, pour les petits prix indiscutables. Noir, pour les prix moyens à discuter, mais pas trop. Vert, pour les prix élevés, mais qu'on peut baisser. Rouge, pour les prix très chers que seuls mon père ou Patrick peuvent changer, suivant leur sens des affaires ou la tête du client. Cette fois pourtant, je me suis défilé.

– Mo, viens écrire la grille de tarifs ! m'a demandé mon père après le dîner.

– Je lis ! j'ai répondu depuis ma baignoire.

C'était faux, mais papa n'a pas insisté. Il n'insiste jamais quand je lis. En fait, j'avais commencé à feuilleter tranquillement les vieux albums photo de famille que maman m'avait dénichés dans le placard à fouillis, en m'avertissant :

– C'est un peu mélangé. Il y a des photos de ma famille et de celle du côté de ton père en Pologne. Tu veux aussi les albums de quand j'étais petite ?

– Non, seulement les très vieilles. Faut que je remonte loin. Le plus loin possible dans notre histoire de famille ! j'avais répondu.

Quand maman a voulu savoir pourquoi je voulais regarder ces vieilleries, j'avais encore menti :

– Pour un autre exposé !

Mme Rubiella avait raison. Je devais bien pouvoir

dénicher dans ma famille quelqu'un qui avait été un héros.

Les premières photos remontaient au début du XXe siècle. Cela m'offrait jusqu'à cent ans d'histoire familiale pour trouver une fille ou un garçon qui, du côté de ma mère ou de mon père, avait réalisé quelque chose d'important. J'étais très concentré, tournant avec délicatesse les pages des vieux albums qui sentaient le moisi.

Dans ma baignoire, j'ai fait connaissance avec les gens de ma famille en noir et blanc. Enfin, plutôt en marron et blanc. Le noir et blanc vient après, à la fin des albums. Au début, les photos sont jaunâtres, développées sur du papier épais comme celui des cartes postales que je collectionne. Ce sont des photos de groupes avec plein d'hommes à moustache et des femmes un peu rondes dans des jupes longues. Je m'arrête sans trop savoir pourquoi sur un groupe devant une épicerie légendée « Fruits et légumes, beurre, œufs et fromages ». Je me demande si la personne de la famille est la dame avec le tablier ou celle mieux habillée qui porte un petit chien dans les bras. À moins que ce soit la petite fille au col de fourrure ? Ou le garçon à casquette et aux chaussures trouées ? Je passe. Je me dis que je regarderai les détails plus tard. Je feuillette avec précaution. Je me balade dans l'histoire ancienne. Le passé de mes ancêtres. Je suis quand même impressionné. Je n'avais jamais vu ça avant. L'idée qu'ils sont tous morts me fout la trouille. Mais je dois être courageux. Un héros, ça se mérite !

J'observe de nombreux portraits, sans doute pris chez le photographe parce qu'il y a toujours un décor derrière les personnes et qu'elles posent l'air sérieux. Elles sont plutôt bien habillées. Costume ou tenue militaire pour les hommes, chemisier, chapeau ou chignon pour les femmes. Celles-ci portent des robes longues. Sur l'une des photos est inscrit « Kupcow polskia ». Je ne sais pas ce que ça veut dire, mais c'est clair que ce souvenir est du côté de papa. Il y a aussi un bébé tout nu qui pose sur une peau de mouton. Je trouve ça rigolo. Comme ce petit garçon habillé tout en blanc avec un horrible chien en tissu rapiécé à ses côtés. Ça devait être son jouet. Je me marre en pensant que la peluche de l'enfant sur la photo ressemble à Assassin et qu'il faudra que je montre ce cliché à Titi. En tout cas, ces photos en studio tranchent avec celles prises à l'extérieur où les gens ont tous l'air pauvres. Pas de voitures, ni de belles maisons, ni de bords de mer comme sur les vieilles photos du mur d'Hippolyte. Ça m'ennuie. Ça ne présage rien de bon. Existe-t-il des héros qui ont l'air malheureux ? Des héros tout miséreux ? Je m'arrête sur une photo avec deux vieux assis devant une ferme et un garçon d'à peu près mon âge debout, en short. C'est fou comme il ressemble à Gilou ! La dame a un foulard à fleurs sur la tête, le monsieur porte un costume noir, des sabots de paysan (les mêmes que papa vend parfois à la brocante) et une énorme moustache. Les hommes ont tous la moustache, je pense que ça devait être à la mode. Les enfants, eux, sont soit sales comme des misérables, soit en veste d'adulte avec un short et des chaussettes qui plissent. C'est bizarre. Je n'arrive pas à voir s'ils sont heureux ou malheureux. Les gens prennent tous la pose, mais ils ne sourient pas beaucoup. Rien à voir avec les selfies d'aujourd'hui ! On dirait que le photographe leur fiche la trouille. J'aime bien la tête du vieux couple sur cette photo devant la ferme. Ils n'ont pas l'air de héros, juste de gens gentils. Le petit garçon aussi a l'air sympa. C'est vraiment fou ce qu'il ressemble à Gilou ! Je passe encore des tonnes de photos de classe et je m'arrête sur l'une d'entre elles datée de 1945. Je la regarde et je me souviens de la leçon de Mme Rubiella sur la malnutrition pendant la Seconde Guerre mondiale. Le manque. Les tickets de rationnement. J'observe la petite fille aux deux nattes, assise sur la chaise, entourée de deux autres enfants qui, eux, sont debout. Elle a les jambes toutes maigres, la petite. Des jambes comme deux baguettes. Je me dis qu'elle ne devait pas tenir debout, même après la guerre, et que c'est pour cette raison qu'on l'a photographiée assise. Je me demande qui elle peut être. Ma grand-mère ? Mon arrière-grand-mère ? Je la retrouve quelques pages plus tard dans une tenue toute blanche. On dirait une mariée sans marié.

Et la photo d'après, je l'observe au milieu d'autres fillettes habillées en blanc, de garçons en costume sombre et de deux curés en robe noire. Je me dis que ce doit être ça, la communion. Moi, je l'ai pas faite ma communion, parce que mes parents ne vont plus à l'église, mais je sais que maman l'a faite, elle. J'ai du mal à m'y retrouver parce que dans les albums, il n'y a pas trop de légendes. Pas de noms. Pas de dates, sauf sur les photos de classe et puis celle de 1952 où l'on voit des militaires en manteau noir avec une pancarte où est inscrit : ON GÈLE. Cette photo est bizarre. Ils ont l'air de se marrer, les militaires. Je me demande pourquoi. Je passe un temps fou à feuilleter ces albums. Ça ressemble à un sacré casse-tête. Je me dis qu'il faut que je me fasse confiance. Que je choisisse celles qui retiennent mon attention. Alors, je sors mes post-it et je les dépose sur les photos qui, à mon avis, pourraient cacher un héros ou un décor d'action héroïque. Je procède un peu comme papa quand il décide de faire baisser les prix marqués en rouge : à la tête du client !

Je choisis :

Un militaire avec des gants en cuir blanc dans la main gauche (photo de studio).

Un autre militaire en uniforme avec un chapeau de type Indiana Jones devant un avion. Il y a des palmiers le long du tarmac.

Une photo prise sur le pont d'un navire en pleine mer.

La photo bizarre des soldats devant le panneau de 1952 : ON GÈLE.

Un trio de musiciens affublés de chapeaux de paille, qui posent avec leurs instruments : grosse caisse, clarinette, accordéon. Ils sont rigolos. Ils me font penser aux films anciens que nous passe parfois Mme Rubiella quand il pleut à la récré. Elle appelle cela les « chefs-d'œuvre du cinéma classique ». Y en a que ça fait dormir, mais moi j'aime bien ces trucs classiques de la maîtresse, même la musique.

La petite fille de 1945 aux jambes toutes maigres.

Une belle dame accoudée à un tabouret aussi haut qu'elle (photo de studio). On dirait une actrice de cinéma. Elle est super-belle.

Dix hommes en combinaison de peintre devant une entreprise où est inscrit « D. Krupa, travaux industriels ». Je ne sais pas pourquoi je choisis cette photo. Le nom peut-être.

Un groupe d'hommes, tous habillés en chemise blanche et cravate noire. Ils ont les mains dans le dos et la bouche ouverte. Une chorale ? Un arrière-grand-père chanteur d'opéra ?

Un homme à moustache qui pose devant un vélo avec de grandes roues. Il a une casquette sur la tête et son pantalon est rentré dans ses chaussettes à carreaux. Un sportif de haut niveau ?

Une photo de mariage en studio. Je trouve les mariés beaux et très chics. Ils étaient peut-être riches, eux, comme les Castant ?

– Qu'est-ce que tu fais, mon fils ? m'a demandé papa, me surprenant dans ma baignoire, noyé sous des dizaines de photos et de post-it. Je croyais que tu lisais.

Je n'ai pas pu me défiler. Papa avait l'air inquiet. C'est vrai que d'habitude, je suis toujours à ses côtés les veilles de grand déballage.

– Je regarde les photos de famille, papa.

– Je vois, Mo.

Mon père s'est approché, il a posé ses fesses sur le bord de la baignoire et il a pêché une photo au hasard. Il l'a regardée avec tendresse, il a souri, puis il a rigolé en dodelinant de la tête :

– Sacré grand cousin Pavel !

Je me suis dégagé de mon bain de souvenirs pour observer la vieille photo jaunie qu'avait choisie mon père. C'était celle du cycliste. Je me suis senti pousser des ailes. Grand cousin Pavel, ça faisait honorifique !

– Qu'est-ce qu'il a fait, papa ? Il a gagné des courses ? Tu le connais ? Il est dans les livres des records ?

– Non, je ne l'ai pas connu. Il est mort en 1926. C'est Pavel Dambek, le cousin de ton arrière-grand-père et, à sa façon, il aurait pu être dans le livre des records. Penses-tu, il s'est fait écraser par une voiture !

– Comment ça, p'pa ? Raconte !

– Bah, c'est tout ce que je sais. Ça nous a toujours fait marrer dans la famille. Se faire écrabouiller par une auto en 1926 à Lille, alors qu'à l'époque, il ne devait pas passer plus d'une voiture toutes les heures. Quel con, ce Pavel ! Tu parles d'un rêveur ! Mort sur le coup. Paf.

J'étais déçu. Presque en colère que papa se moque ainsi du grand cousin Pavel qui avait la tête dans les nuages. Moi aussi, j'ai souvent la tête dans les nuages.

– Et le vélo ? Il était cycliste ?

– Ça, j'en sais fichtre rien, Mo. Allez, range tout ça et va te coucher ! On part à la fraîche demain.

Papa m'a embrassé le front et je suis resté dépité devant la photo de Pavel Dambek.

J'ai enlevé le post-it et remis le cliché à sa place.

Trouver un héros dans ma famille, même dans l'ancien temps, ce n'était pas gagné.

11

Chez nous, pour le grand déballage, toute la famille est embauchée et on se lève tôt. Enfin, quand je dis qu'on se lève à six heures du matin, je parle de ma mère, de mon père, de Bibiche, Gilou et moi. Titi, lui, il ne se réveille pas, parce que les veilles de grand déballage, il fait nuit blanche. Quand je serai grand, j'aimerais bien faire nuit blanche, moi aussi, traverser le soir jusqu'au matin sans dormir. Titi, il va en boîte. Ça aussi ça m'intrigue. Une boîte où on danse. Je me demande à quoi ça ressemble. Bref, Titi venait de sortir de sa boîte quand papa est venu nous réveiller avec Bibiche. J'ai aussitôt sauté dans un short, des baskets, j'ai mis mes photos dans mon sac à dos, j'ai laissé Bibiche râler dans son lit et lancer les pires injures qui existent au monde comme chaque fois qu'elle manque de sommeil, et j'ai retrouvé Titi dans la cuisine, devant son café noir.

– C'était bien, la boîte ? je lui ai demandé.

– Ouais, a balbutié mon frère, le nez dans son bol fumant.

– Titi, tu pourrais me prêter ta loupe ?

– Ouais, s'tu veux. Putain, ça me gonfle c'te marché. Vivement que je me casse d'ici ! Trop chier le daron avec sa brocante !

Titi, il est un peu comme Bibiche, dès qu'il y a du boulot obligatoire, ça le rend de mauvaise humeur. Quant à Gilou, lui, il ne râle pas, mais il dort debout une bonne partie de la matinée. Un vrai zombi.

Je suis allé récupérer la loupe de Titi dans sa chambre, sous son lit. C'est là qu'il met tout son matériel pour son *business* personnel. Un vrai bric-à-brac dans un carton. Assassin dormait aux pieds de Gilou, qui a sorti le nez de sa couette en beuglant :

– Qu'est-ce que tu fous, Mo ?

– Je prends une loupe. Titi me la prête. Tu devrais te lever, Gilou, on part dans dix minutes.

– Yolo, yolo… Je suis large.

– Gilou, bouge-toi le cul ! a ordonné mon père depuis le couloir. Il y a du boulot. Le camion est blindé !

Gilou a poussé un soupir de bœuf, Assassin a bâillé, et j'ai rejoint toute la famille dans la cuisine. Ensuite, mon père a distribué les rôles de chacun sur le stand. Comme toujours le matin du déballage, tout le monde était nerveux et de mauvaise humeur, à part mes parents. Pas un pour relever l'autre, comme il dit mon père devant les têtes de chiens de toute sa meute. Même moi, ce matin-là, j'avais pas trop envie d'y aller à cette fichue foire à la brocante parce que j'avais autre chose en tête. Dix photos. Dix héros possibles qui se cachaient peut-être au fond de mon sac. J'avais hâte de poser mes questions aux parents et je devinais que cette journée de travail ne m'en laisserait pas beaucoup l'occasion.

– T'en fais une tête, Mo. T'es pas content de t'occuper du rayon livres et cartes postales ? m'a demandé mon père avant de partir. Ne me dis pas que toi aussi tu as peur de relever tes manches ?

– Non, p'pa, c'est pas ça, j'ai répondu.

– C'est quoi alors ?

– C'est que j'ai des questions à vous poser pour mon exposé sur la famille et que si ça se trouve, vous n'aurez pas le temps de me répondre.

– C'est pour quand ton exposé, mon grand ?

– Demain.

– Alors, on prendra le temps. Entre deux clients ou à l'heure du casse-croûte.

Ça m'a rassuré. J'avais menti rapport à l'exposé, mais je n'avais pas le choix. Impossible de retourner à l'école lundi sans apporter à Hippolyte Castant la photo d'un de mes ancêtres. La preuve irréfutable que chez nous aussi, on avait des héros.

– Allez, les Dambek, on y go ! a lancé mon père en faisant sauter les clés de la voiture dans la paume de sa main. Si on dépasse les deux mille euros, je vous donnerai à chacun une belle poignée d'argent de poche.

– Tu parles…, a persiflé Titi en bas des escaliers. On dépasse jamais les deux mille balles dans ce *business* foireux.

Bibiche a levé les yeux au ciel pour confirmer et Gilou a beuglé :

– Je me demande comment les gens peuvent kiffer le matin. Franchement, c'est pas humain de se lever à l'aube.

Dans notre quartier encore désert, en observant mon père boiteux avec sa canne, ma mère déjà en sueur chargée de deux paniers de crêpes, Bibiche qui avec ses talons n'arrivait pas à avancer sans tortiller des fesses, Titi en train de fumer et de téléphoner et Gilou qui marchait comme un zombi sous une couverture de survie, je me suis senti étranger à ce cortège pitoyable. Loin d'eux. Même mon chien Grabuge que je tenais en laisse, je le trouvais moche et sans allure. À cause du mur de photos des Castant, j'avais un peu honte de ma famille de zéros. Je suis resté à l'arrière. À l'écart, comme si je ne faisais plus partie de cette tribu. J'ai discrètement ouvert mon sac à dos et j'ai jeté dans une poubelle les vieilles crêpes de maman. Celles du goûter avec mon copain qu'on n'avait pas eu le droit de manger. Celles qui commençaient à moisir au fond de mon sac et dans ma tête.

– Il fait déjà lourd ! a observé ma mère en soupirant. Je crève de chaud.

– Tant mieux, a répondu mon père, si on a le beau temps, il y aura un monde fou ! En plus, j'ai une malle entière de chapeaux de paille à refourguer.

12

Deux heures plus tard, nous étions tous en place, recouverts de grands sacs-poubelles avec de ridicules chapeaux de paille sur la tête pour nous protéger d'une pluie torrentielle. Dans un vent de panique, mon père et Patrick avaient amarré une bâche de protection à notre stand, et l'humeur générale du marché était aussi grise que le ciel. Pas un rat dans les allées. Et les premiers chineurs s'étaient vite réfugiés dans les cafés alentour.

– Merde ! On a vraiment pas de bol ! a lancé mon père en s'asseyant sous la bâche dans un vieux fauteuil avachi.

– Ça va passer, c'est juste une ondée, n'arrêtait pas de répéter en boucle ma mère, devant sa crêpière électrique qui chauffait pour rien ni personne.

Titi en a profité pour aller faire un tour, très vite suivi par Bibiche qui avait une copine à voir. Étant donné l'état des lieux, mon père a accepté, en précisant d'un air dépité :

– Revenez dès que la flotte aura cessé.

– Pas de problème, a répondu Titi.

– T'inquiète ! a lancé Bibiche.

Ce qui dans la bouche de mon frère et de ma sœur signifiait : « C'est ça, papa, cause toujours, tu m'intéresses ! » En gros, on n'était pas près de les revoir. Quand ces deux-là s'échappaient, impossible de les rattraper avant la nuit tombée. Aussi, quand Gilou s'est mis à ronfler sous sa couverture de survie, avachi sur la liseuse en rotin, j'ai bien cru que mon père allait chialer. Sa journée de ventes était fichue, sa belle organisation familiale avait éclaté en morceaux et je m'en suis voulu d'avoir souhaité qu'il pleuve la veille au soir en m'endormant. *Cosmos et forces de l'univers, faites qu'il pleuve, comme ça papa aura plus de temps pour observer les photos avec moi*, j'avais pensé. J'ai eu honte. Je ne crois pas en Dieu parce que je ne suis pas baptisé et que je n'y connais rien en Jésus, Marie et les rois mages, mais je n'ai pas pu m'empêcher de penser que c'était peut-être moi qui l'avais déclenché cet orage avec mes supplications. Peut-être que le Dieu des églises, des temples ou des mosquées m'avait entendu, qu'il voulait me rendre un petit service et qu'à cause de lui, mon père allait perdre de l'argent. J'ai commencé à gamberger. Alors, j'ai retourné une vieille caisse de vin et je me suis assis aux côtés de mon père qui n'arrêtait pas de souffler dans ses mains pour les réchauffer.

– Tu veux que j'aille te chercher un petit café, p'pa ?

– Non, mon grand. Je suis assez nerveux comme ça.

– T'as regardé sur internet ? Qu'est-ce qu'ils disent à la météo ?

– Des conneries comme d'habitude. Ils annonçaient grand beau !

Je ne savais pas quoi dire. Je voulais m'excuser, mais mon père n'aurait rien compris. Alors je suis resté à côté de lui, en silence. Il n'arrêtait pas de frotter sa jambe malade, qui comme chaque fois qu'il pleuvait le faisait souffrir. Je ne savais plus quoi faire. Je m'en voulais un max de mon égoïsme, c'est pourquoi j'ai pris un tas de cartes postales et j'ai commencé à en lire une au hasard. À voix haute. Mon père aime bien quand je lui lis les vieilles cartes. Je me suis dit que ça lui ferait plaisir.

Chers parents,

J'ai reçu votre gentille carte. Je suis contente de savoir que vous vous portez bien, moi aussi je me porte très bien. Tous les matins, nous prenons de l'huile de foie de morue, mais moi je n'en prends pas parce que ça me donne mal au cœur et ça me fait rendre…

– Papa, ça veut dire quoi, rendre ?

– Vomir. C'était infect, l'huile de foie de morue. Je me souviens que ma mère m'en avait donné une fois pour que je reprenne des forces après une vilaine grippe. Beurk ! J'en ai encore des frissons d'horreur !

Ça nous a fait rire.

– Fais voir la carte ! m'a demandé mon père, comme réanimé par l'huile de foie de morue.

Il l'a observée en détail. Elle datait de 1905.

– La jeune Marie qui écrit à ses parents devait être en sanatorium. La carte vient de Banyuls-sur-Mer, c'était un bon climat pour les gosses rachitiques.

– Ça veut dire quoi rachitique, papa ?

– Maigrichon. Faible, quoi.

Ça m'a fait repenser à la petite fille de ma famille sur la photo de 1945. Alors, j'ai osé revenir à ce qui me trottait dans la tête.

– Dans nos albums, il y a une petite fille rachitique. Je peux te la montrer, p'pa ?

– Ouais, on a le temps, mon grand, avec toute cette fichue vache qui pisse. Montre tes photos, on va travailler à ton exposé.

J'ai ouvert mon sac, j'ai pris l'album avec les photos choisies et je lui ai tendu la photo de 1945.

– C'est ta grand-mère Amélie, a constaté mon père.

– Elle a quel âge sur la photo ?

– J'en sais rien, c'est du côté de ta mère, ça. Je crois qu'elle est de 1937.

Mon père s'est retourné vers maman et il lui a fait un petit signe.

– Floflo, viens avec nous ! Mo a des questions pour son exposé.

Ma mère a quitté sa crêpière, la mort dans l'âme, et elle a pris un tabouret pour s'asseoir à nos côtés.

– C'est maman ! qu'elle a lancé en découvrant la photo. Maman et ses frères, Pierre et Paul. Boudou, qu'elle était maigrichonne ! Je ne tiens pas d'elle ! Mais pourquoi tu as mis des post-it partout ?

– C'est les photos qui m'intéressent, j'ai répondu.

– Pourquoi elles t'intéressent plus que les autres ? m'a demandé maman. Qu'est-ce que tu dois chercher au juste pour ton exposé ?

Là, j'ai hésité. Leur dire la vérité ? Expliquer l'affaire du mur Castant ? C'était risqué. Surtout que si la pluie cessait, le commerce allait reprendre et je n'aurais plus le temps de les interroger. Alors, j'ai simplifié.

– On doit trouver les héros de sa famille.

Ça ne les a pas fait rigoler. Juste qu'ils étaient un peu dépités, mes parents. Du genre perplexes.

– Quelle espèce de héros ? s'est informé mon père.

– Bah, du genre qui a fait quelque chose d'important pour la société.

Mon père a fait : « Pffuuuuu ! » Comme si c'était hyper-compliqué comme sujet et puis il a souri.

– T'as qu'à apporter une photo de ta mère ! En voilà une sacrée héroïne !

Maman a affiché une drôle de tête. Au début, elle a cru que papa se moquait, mais il ne se moquait pas.

– Ta mère, elle élève quatre enfants, dont trois têtes de mule. Ça, c'est un sacré boulot. Surtout quand on n'est pas riche !

Maman avait l'air toute gênée qu'il la flatte. Moi aussi. Alors, elle lui a envoyé un baiser et puis elle est venue à mon secours, parce qu'elle a bien compris qu'une maman comme héroïne, ça ne suffisait pas pour un exposé. Elle a pris les photos que j'avais sélectionnées et elle les a triées. Comme elle plissait les yeux en les observant, je lui ai passé la loupe de Titi. Elle avait l'air très sérieux, maman. Parfois, elle souriait. Ça lui a pris un petit peu de temps. On l'a regardée faire avec papa, sans commentaires. Quand elle prend les choses en main, ma mère déteste qu'on l'interrompe. Alors on n'a pas moufté.

– Bon, a-t-elle conclu. Je peux te parler des gens de ma famille, mon chou. Pour les autres photos, papa saura te les commenter. Mais si tu cherches un héros, j'en ai un, moi, dans ma famille. Un sacré héros même, c'est lui ! qu'elle a annoncé, pointant son index vers la photo du militaire.

– Un vrai héros ? j'ai demandé tout excité.

– Je veux, mon neveu ! qu'elle a répondu. Un résistant mort pour la France ! Si ça, c'est pas un héros !

Je suis resté scotché. Mon père aussi.

– Qu'est-ce que vous faites ? C'est quoi ce temps de merde ? C'est qui ce bouffon de militaire ? a demandé Gilou qui venait enfin de se réveiller et débarquait avec sa couverture de survie sur les épaules.

Mon père lui a tapé sur la tête pour l'obliger à s'asseoir avec nous.

– N'insulte pas la famille ! qu'il a dit. C'est un héros de la Résistance, ce gars-là.

Gilou n'a rien capté, mais il s'est tu de surprise. Et maman, la photo à la main, nous a raconté.

– Les enfants, je vous présente l'oncle Charles.

C'était le frère aîné de ma mère. Il s'était engagé dans la Résistance et il est mort en 1944 en Bretagne, fusillé par la Milice.

– C'est quoi la Milice ? a demandé Gilou, soudain très éveillé pour un zombi.

– Oh, une sorte de police française qui sous les ordres du maréchal Pétain traquait les Juifs et les résistants pour le compte des Allemands. Quand les Américains ont commencé à débarquer, les miliciens ont tué pas mal de monde… Tonton Charles s'est trouvé sur leur route au mauvais moment, un mois avant la Libération. Ils l'ont abattu à la mitraillette. Le pauvre, il avait vingt-deux ans. Trois ans de plus que Titi, quand j'y pense… Il était si jeune.

Mon père a enserré ma mère par l'épaule. Elle a poursuivi :

– Un monument honore sa mémoire dans le village où il s'est fait tuer.

– Il a un monument aux morts rien que pour lui ? j'ai demandé.

– Oui, véridique, pour lui et l'autre gars qui s'est fait tuer avec lui. Ils ont donné leur vie pour nous libérer, ces jeunes.

– Oh, trop mortel ! a conclu Gilou, avant de s'apercevoir que sa phrase n'était pas de très bon goût. Enfin, je veux dire, c'est stylé… Avoir un vrai héros de la guerre dans la famille. Je ne savais pas.

– Moi non plus, s'est étonné mon père.

– Moi non plus, j'ai ajouté.

– J'aime pas trop parler du passé…, a précisé maman. Et puis, ma mère non plus n'aimait pas parler de son frère. Ça la rendait triste. Elle avait six ans quand il s'est fait mitrailler et elle s'est souvenue toute sa vie des deux représentants de l'armée française qui étaient venus chez eux annoncer sa mort. Elle se souvenait de la peine de sa mère, des cris, des pleurs. Elle voulait oublier. C'est pour ça que chez moi, on ne parlait pas de tout ça.

Ce récit a jeté un froid et quand Patrick est revenu tout content pour annoncer que la pluie avait cessé, il nous a demandé si quelqu'un était mort.

– Sans rire, les Polacks, c'est quoi cette tête d'enterrement ? Le soleil revient, je vous dis.

– C'est le frère de ma grand-mère ! je me suis exclamé, brandissant la photo de tonton Charles comme un trophée. C'est un héros de guerre ! Un vrai héros de notre famille !

Patrick en est resté « sur le cul », comme dit mon père. Ensuite, on a retiré les bâches, maman s'est remise à ses crêpes et mon excitation s'est mêlée à la vague de chineurs, aux éclats du soleil et au retour de Titi et de Bibiche, lesquels miraculeusement en ce dimanche de grand déballage avaient réapparu. On a bien vendu. Beaucoup vendu, et à la fin de la journée, crevés mais heureux, on a tous posé devant le stand avec nos chapeaux de paille.

– Attention, on ne bouge plus ! Ouistiti ! a lancé Patrick en appuyant sur son écran.

– C’est historique, a dit mon père. Trois mille euros de chiffre d’affaires. Tu pourras mettre un post-it sur cette photo, Mo. Aujourd’hui je suis vraiment fier de vous, les enfants !

13

– Ouais, c'est du sérieux, Maurice ! a admis Hippolyte, le lundi matin à la récré, observant la photo de tonton Charles, que maman avait bien voulu me prêter.

Avec Gilou, en rentrant de la foire à la brocante, on avait même retrouvé sur internet le monument qui rendait hommage à notre grand-oncle. Il s'agissait d'une stèle avec une croix de Lorraine. On avait été hyper-émus de taper son nom dans le moteur de recherche et de constater que sur pas mal de sites, sa mémoire était honorée. J'avais imprimé la photo de la stèle en couleurs et Hippolyte ne réussissait pas à s'en détacher. Il était lui aussi très impressionné et j'ai cru que tout était rentré dans l'ordre.

J'aimais de nouveau les miens.

J'avais un méga-héros dans ma famille qui épatait mon meilleur copain.

Je venais de décrocher un A + en poésie.

Dans la cour de récré, ce lundi matin, ma vie avait de l'allure à l'ombre du grand micocoulier. Ça, c'était juste avant que la cloche sonne. Juste avant que mon copain me rende les deux photos. Juste avant qu'il se relève et me lance :

– C'est un bon début.

J'ai rangé les photos dans mon cahier de liaison, refermé mon cartable et je l'ai suivi vers le préau où Mme Rubiella tapait dans ses mains pour nous réunir.

– Comment ça, un bon début ? je l'ai interrogé.

– Oui, c'est super d'avoir un grand-oncle résistant, mais ça ne fait pas un mur de héros. Enfin, c'est déjà pas mal, pour toi.

– Comment ça, pour moi ? j'ai insisté, un peu vexé.

Et là, Hippolyte s'est arrêté pour me répondre. Un vrai face-à-face d'homme à homme. Un duel au soleil. Mon meilleur copain avait tout à coup vieilli de trente ans et s'exprimait comme un adulte. On aurait dit sa mère. Son portrait craché avec ses petits yeux malicieux.

– C'est pas contre toi, Maurice. Toi, t'es intelligent et je suis sûr que tu vas faire des études et gagner plein de prix et de médailles. Mais, franchement, ta famille…

– Quoi, ma famille ? je lui ai demandé, en pointant le menton vers lui, comme Titi quand il fait sa tête de poule affolée avant de cogner.

C'est vrai que je ne suis pas du genre colérique d'habitude mais, là, Hippolyte commençait à me chauffer avec ses airs de grand prince.

– Bah, elle est un peu… Enfin, c'est pas facile à dire, mais tu sais bien. Elle n'est pas…

– Elle n'est pas quoi ? j'ai répété.

Je m'étais transformé en statue de marbre. Tout le sang de mon corps s'était embrasé dans ma tête. Je n'entendais plus ni la maîtresse ni les autres élèves. Je ne voyais qu'Hippolyte et ses yeux malicieux qui commençaient à regarder ailleurs, tellement je devais faire peur.

– Elle n'est pas quoi ? j'ai hurlé en l'empoignant par le tee-shirt.

– C'est bon, laisse tomber, on va se faire engueuler, a répondu Hippolyte, en tentant de s'éclipser.

Sa lâcheté m'a encore plus énervé et je l'ai poussé. Je l'ai poussé de toutes mes forces et il est tombé à la renverse. Sur les fesses dans le jargon de la maîtresse, sur le cul chez les miens. Sans hésiter, je lui ai sauté dessus et je lui ai plaqué les deux bras au sol. Face contre face, un duel au soleil sur le bitume de la cour de récré. J'ai entendu mon prénom. « Maurice ! » J'ai vu les yeux terrifiés de mon copain, mais je ne pouvais pas lâcher. Quelque chose en moi ne pouvait pas accepter. Alors je l'ai agrippé et je l'ai secoué comme un vieux sac de noix pour lui faire cracher sa méchanceté.

– Qu'est-ce qu'elle a ma famille ? Qu'est-ce qu'elle a, hein ?

Je n'étais plus qu'une brute épaisse. Je n'étais plus qu'une phrase. Une seule. Une interrogation qui tournait en boucle. Tout était rouge, éclatant, aveuglant. Je n'avais conscience ni du bien ni du mal. Plus de frontières entre nous. Plus de repères, juste l'envie de cogner.

Je ne sais pas trop comment ça s'est terminé. J'ai perdu la tête et j'ai décollé. Je crois que c'est le directeur de l'école, M. Andrivon, qui m'a maîtrisé en me soulevant du sol. Plus une mouche ne volait dans la cour de récré et Hippolyte s'est mis à pleurer, à trembler, à hurler. Il a complètement craqué :

– Elle craint, ta famille. Voilà, ce qu'elle a. Elle est nulle. Et toi aussi, t'es nul. Un vrai nuuuul !

Il chialait comme un bébé, ça sortait enfin. Une sacrée méchanceté, et ce n'était pas beau à voir.

Du rouge sang, je suis passé au noir.

Noir dans mon cœur.

Noir dans ma tête.

Noir dans les yeux de Mme Rubiella, de M. Andrivon, et quelques heures plus tard, dans le bureau du directeur, noir sur les mains de mon père, et comme une ombre indélébile sur le visage de ma mère.

Nos parents respectifs avaient été convoqués.

– Immédiatement ! avait ordonné le directeur de l'école à sa secrétaire. Faites venir leurs parents sur-le-champ ! Je ne peux pas tolérer un tel comportement dans mon établissement.

C'est comme ça que je me suis calmé. Statufié sur ma chaise. Honteux. Minable. Dans le bureau de M. Andrivon, nos deux familles se faisaient face. Mme et M. Castant, raides comme la justice, d'un côté. Mes parents de l'autre, tout ratatinés. Moi, d'un côté, Hippolyte, de l'autre. Lui aussi avait la tête dans les chaussettes. Nous n'arrivions même plus à nous regarder. Mais le pire, ce n'était pas mon problème avec mon copain, le pire c'était la tristesse de mes parents. Je les avais déçus. Sans perdre de temps, M. Andrivon a commencé à résumer la situation et il m'a demandé de m'excuser.

– Pardon, j'ai murmuré entre mes dents.

– Mieux que ça, a-t-il exigé.

– Je m'excuse, j'ai précisé. Pardon, papa et maman, je suis désolé. Ça ne se reproduira plus jamais, je vous le jure.

Je me suis mordu les lèvres pour éviter de pleurer, surtout quand ma mère s'est retournée et qu'elle m'a offert un petit sourire. J'avais super envie de me réfugier dans ses doudounes. Mais le directeur m'a empêché d'y songer bien longtemps.

– C'est surtout auprès de la famille d'Hippolyte que tu dois t'excuser, Maurice, a-t-il précisé, devant l'air outré de Mme Castant qui, telle une voiture de luxe égratignée, attendait réparation.

J'ai relevé la tête, j'ai vu la sévérité du père d'Hippolyte qui me toisait comme si j'étais un criminel. J'ai vu le regard hautain de Mme Castant qui exigeait que je me prosterne à ses pieds pour mériter son pardon. J'ai vu les sourcils froncés de mon copain et ceux en extension de mes parents qui ne comprenaient pas ce que j'attendais pour m'excuser.

J'en avais gros sur le cœur. J'avais la trouille de dire la vérité. J'ai repensé à mon tonton Charles. Il me fallait son courage. Ce n'était pas juste. Je n'avais peut-être pas eu la bonne façon de répliquer, mais je ne pouvais pas supporter l'injustice. Alors, j'ai pris une bonne inspiration et je me suis lancé.

– Je veux bien m'excuser si Hippolyte et sa mère en font de même !

– Oh, quel affront ! s'est exclamée Mme Castant, la main sur le cœur.

– Cet enfant est vraiment mal élevé, a rajouté son mari. Une graine de délinquant !

– Non mais pour qui vous vous prenez ? a lancé mon père les poings serrés. Je ne vous permets pas de nous insulter.

– Mo, qu'est-ce que tu racontes ? De quoi tu parles ? a demandé ma mère en se tournant vers moi, l'air paniqué.

– Mme Castant nous a interdit de manger tes crêpes ! j'ai avoué. Elle a dit que ce n'était pas sain, parce qu'il y avait de l'alcool dedans. C'est elle la première qui a commencé ! Et puis Hippolyte il a dit qu'on était une famille de nuls !

– Vous n'avez pas mangé mes crêpes ? Pourquoi vous n'avez pas donné mes crêpes aux enfants ? s'est emportée ma mère.

– C'est le monde à l'envers, c'est vraiment le monde à l'envers, a balbutié M. Castant. Qu'est-ce que c'est que cette histoire de crêpes à présent ?

– Calmez-vous. Calmez-vous, je vous en prie ! a ordonné le directeur, paniqué.

– Une famille de nuls ! a éructé mon père en se levant d'un coup. Et c'est mon fils qui est un mal élevé ? Vous feriez mieux de ne pas péter plus haut que votre cul !

Et sous le choc, le père d'Hippolyte a desserré sa cravate tant il ne pouvait plus respirer.

– Je vous en prie, monsieur Dambek, asseyez-vous, et réglons cette affaire avec respect et intelligence, a tenté de tempéré le directeur qui ne savait plus où donner de la tête.

– Ça va être difficile ! a persiflé M. Castant dans un sourire vitriolé. Vraiment difficile !

Mon père ne s'est pas assis. Il avait l'air d'un géant. D'un géant avec une canne, mais d'un géant quand même. Et plus personne n'a moufté. Sa force physique imposait une écoute attentive.

– Monsieur le directeur, Mo s'excuse et je m'excuse devant vous et devant Hippolyte pour son comportement. On n'a pas à taper sur un copain, même un copain qui injurie sa famille, a-t-il souligné exagérément à l'intention d'Hippolyte. Pour le reste, monsieur et madame... ?

– Castant, a répondu le père d'Hippolyte d'un air triomphant.

– C'est ça, monsieur et madame Castant. Eh bien, allez vous faire foutre !

S'est ensuivie une sorte de débâcle et de brouhaha,

entre Mme Castant qui s'étouffait dans une série de « Alors, ça… », son mari pointant son index vers mon père, « C'est scandaleux ! Inadmissible ! », et le directeur au bord du malaise, en sueur, jouant des mains comme un chef d'orchestre qui ne maîtrise plus la musique. Sur ces entrefaites, mon père a salué M. Andrivon, puis il m'a lancé un bref signe de la tête pour que je le suive. Ma mère, quant à elle, a quitté la salle complètement abattue, marmonnant dans une litanie : « Pas saines, mes crêpes, pas saines ? »

À leur départ, le directeur a levé les bras au ciel ; il abandonnait. Alors, pour ne pas rester seul avec les Castant, j'ai attrapé mon cartable et j'ai dégagé vite fait.

– Salut, Maurice, a lancé Hippolyte naturellement comme si rien ne s'était passé.

– Salut à demain, j'ai répondu, instinctivement.

On s'est souri et j'ai filé.

14

– Alors, ça y est ? T'es un vrai keum, Tit'tête ! Il paraît que t'as mis une vache de rouste à ton copain qui t'a manqué de respect ? Franchement, je suis fier de toi, frérot ! Faut pas se laisser marcher sur les pieds ! m'a lancé Titi quand il a appris que je m'étais battu.

– Sans déc, *man*, t'as sauté sur ton poteau en pleine cour de récré ? Trop de la balle, a enchaîné Gilou en se marrant comme un putois.

– Oh, la vache ! Notre Tit'tête devient un vrai caïd on dirait, a ajouté Bibiche dans un regard tendre. Fais gaffe, Titi, la concurrence vient de débarquer !

Dès que mes frères et ma sœur ont appris ce qui s'était passé à l'école, ils étaient drôlement fiers de moi. Ils me trouvaient plus cool et j'ai senti que ma grosse bêtise les rassurait : finalement, on était bien de la même famille. À leurs yeux, j'avais immédiatement cessé d'être un ovni ou le vilain petit canard. J'imagine que dans les autres familles, j'aurais eu droit à une punition, à des tonnes de discours et d'avertissements sur le bien et le mal, le respect, la non-violence et peut-être même à une séance chez le psychologue.

Oui, mais voilà, j'étais un Dambek et chez moi, rien ne se passait normalement. Alors, au dîner, chacun a refait le film de la scène chez le directeur. Chacun a donné son point de vue en toute liberté.

– T'aurais vu la tête des Castant quand votre père a dit qu'ils aillent se faire foutre ! a lancé ma mère amusée, en se resservant une platée de purée.

– Franchement, c'est un bouffon ton copain, Mo. Nous traiter de nazes sans raison ! a ajouté Gilou.

– Ouais, on est peut-être des nuls, mais nous on sait ce que c'est que l'amitié, a renchéri Bibiche. Moi, personnellement, j'aurais jamais mis la honte à une copine.

– C'est des bourges, c'est tout, a conclu Titi. Toujours la même histoire, ces bâtards se croient supérieurs parce qu'ils ont du pèze, des maisons, des belles bagnoles.

– Ça n'a rien à voir, a tempéré mon père. J'ai connu des gens riches très respectueux. Mon dernier singe, tiens, un homme bien. Tu te souviens, Floflo, de M. Lepage ? Il était le patron et pourtant pas un mot plus haut que l'autre. Il savait respecter ses employés et il ne jugeait pas les hommes sur leur porte-monnaie.

Chacun y allait de son avis. Chacun se sentait humilié par la réflexion d'Hippolyte. L'honneur de la famille avait été touché, et pour les miens c'était beaucoup plus grave que d'avoir cassé la figure à un copain. Je ne savais pas trop comment réagir. Je mangeais en silence sans appétit, ignorant si je devais me réjouir de leur soutien ou m'en inquiéter. Bref, au dessert, mon père a fini par poser la question qui m'a permis de tout leur expliquer clairement :

– Au fait, Mo, comment tout cela a commencé ? Vous étiez de bons copains avant, qu'est-ce qui s'est passé ?

Le moment était venu. Je leur devais la vérité.

Alors, j'ai tout raconté, au risque qu'ils se retournent contre moi. J'ai repris depuis le début. Les calamars, la venue de Mme Castant, sa fuite de la maison, puis de notre quartier, la boulangerie, le prétexte bidon de la bibliothèque, les chocolatines, les crêpes de maman écartées à cause du rhum et du calvados, la belle maison d'Hippolyte et le fameux mur de photos de héros qui m'avait impressionné. J'ai aussi parlé de mes deux pays. La maison et l'école. Mon impression de naviguer entre deux mers et j'ai tenté de leur expliquer combien tout cela m'avait fait dériver.

Effectivement, mon récit a jeté un froid. À la télé passait sans son un film d'action en pleine montagne, une histoire de survivants après un crash. J'ai senti le vent tourner.

– En résumé, t'as honte de nous. C'est ça ? a demandé Titi, qui a été le premier à saisir ce qui se cachait derrière mon affaire.

Je n'ai pas osé répondre.

– Tu voudrais une famille bien élevée, bien propre, bien friquée ? C'est ça, Tit'tête ? a renchéri Titi, en dodelinant de la tête.

– C'est vrai, Mo, on te fout les boules ? a ajouté Bibiche. Franchement, je suis déçue. C'est pour ça que tu m'as critiquée l'autre jour sur ma façon de m'asseoir ?

– Et moi, sur ma façon de parler ! s'est plaint Gilou. Tu deviens chelou, Mo, hyper-chelou…

– C'est bon, arrêtez ! Je ne me sens pas comme vous, c'est tout ! j'ai hurlé. Mais je ne me sens pas mieux chez mon copain ! Je suis entre deux pays, je suis un étranger, j'ai crié. Un étranger ! Un vilain petit canard, partout où je suis !

– Calme-toi, mon chou, m'a prié maman d'un ton inquiet, comme si elle ne me reconnaissait plus. Calmez-vous, vous aussi, il est petit, vous êtes durs avec lui…

– Et lui, tu trouves pas qu'il est dur avec nous, le petit canard ? a commenté Bibiche. À ses yeux, on dirait qu'on est des débiles mentaux…

– C'est pas vrai, c'est pas ce que j'ai dit ! j'ai avoué en chialant comme un bébé qui s'étouffe. C'est juste que j'en ai assez qu'on se moque de moi parce que je travaille bien à l'école. J'en ai marre d'être traité de bouffon à lunettes. Marre d'être le seul sérieux ! Personne ne fait d'effort dans cette maison. Moi, je voudrais juste être fier. Fier de nous. Mais tout le monde s'en fout…

À bout de force, de colère, de tristesse et devant le regard atterré des miens, j'ai quitté la table comme un voleur. Jamais je n'avais pris tant d'importance chez moi. Jamais je n'avais parlé si fort. Même Titi s'était tu et m'écoutait sans broncher. Ma crise avait laissé tout le monde sans voix, et j'avoue que leur silence m'a effrayé. Alors pour ne pas affronter leur réaction, j'ai préféré prendre mes jambes à mon cou et filer dans ma chambre en claquant la porte avec mon pied. VLAN ! J'ai mis le nez dans mon oreiller et j'ai laissé couler le reste de ma colère. Me battre n'avait pas suffi. Hurler devant ma famille non plus. C'était un vrai volcan que j'avais dans le cœur et il m'a fallu un sacré bout de temps pour en venir à bout.

J'ai eu la paix.

Longtemps. Très longtemps.

Ça m'a carrément inquiété.

Personne n'est venu me voir ni me consoler. Pas de Bibiche. Pas de maman, ni de papa. Juste Grabuge qui a fini par gratter à ma porte et que j'ai discrètement laissé entrer. Le temps d'entendre le murmure. On aurait dit un complot. Toute ma famille était encore dans la cuisine en train de parler. Ils chuchotaient. De mémoire de Dambek, ça n'était jamais arrivé. De peur, j'ai refermé la porte de ma chambre, tout doucement pour ne pas me faire remarquer.

Qu'est-ce qu'ils mijotaient ?

J'ai gambergé.

J'ai pensé qu'ils allaient me chasser.

Que ma famille concoctait un plan pour m'abandonner.

Alors comme je n'osais pas retourner vers eux,

comme je me méfiais des prières depuis que j'avais supplié l'univers et ses dieux et qu'ils m'avaient déclenché un orage le jour de la foire, comme Grabuge ronflait, je me suis adressé à mon grand-oncle Charles. *Qu'est-ce qu'il faut faire, tonton Charles ? Tu crois qu'ils vont me chasser ? Je ne veux pas être adopté ! Je ne veux pas d'une autre famille.*

Ça m'a fait du bien de lui parler. Pourtant, un tonton génial, un tonton courageux, héroïque et mort pour la France ne remplaçait pas les tapes sur la tête de Titi, ni les éclats de rire et de voix de Bibiche, ni les « yolo, yolo » de Gilou, ni les grandes mains rassurantes de mon père, encore moins les câlins sur les doudounes de ma mère.

Pour la première fois de ma vie, je me suis endormi loin de ma famille. Isolé, dans une maison silencieuse avec, pour unique bruit, mes pensées, le brouhaha de la rue et les guitares flamencas des romanos.

Pour la première fois, j'ai réalisé combien j'aimais ma famille et que sans elle, je n'étais ni Mo, ni Maurice Dambek. Juste un blanc-bec.

15

Je me suis réveillé en sursaut. Neuf heures dix. Il faisait jour. Pas de Bibiche sous mon lit superposé. Pas de Grabuge sur le tapis. Un silence de mort. J'étais encore tout habillé. Je me sentais lourd, l'esprit embué. Quel jour est-ce qu'on était ? Qu'est-ce qui s'était passé ? J'ai descendu l'échelle et je me suis faufilé dans le couloir. Rien. La chambre de Titi et de Gilou était déserte, la fenêtre grande ouverte. Personne aux toilettes ni dans la salle de bain. Pas d'Assassin. Où étaient-ils passés ? J'ai commencé à paniquer. On était mardi. J'avais école. Il était neuf heures dix et ça avait déjà sonné !

– Papa, maman ? j'ai appelé.

Personne dans leur chambre non plus. J'ai paniqué.

– Papa, maman !

– On est là, Mo, dans le salon !

Mes parents m'attendaient en buvant un café, confortablement installés dans le canapé. Ils affichaient un étrange sourire. Un sourire de Noël. Une tête à préparer une surprise ou une mauvaise blague.

– Ça va, mon grand ? m'a demandé maman en se levant pour m'offrir un câlin sur ses doudounes.

J'ai apprécié. Là au moins, j'étais en sécurité.

– M'man, il y a école, pourquoi tu ne m'as pas réveillé ?

– Non, pas d'école aujourd'hui, a déclaré mon père en levant sa canne.

– Mais on est mardi…

– Pas d'école, je te dis. Jette plutôt un coup d'œil derrière toi, fils.

Je n'y comprenais rien. Étais-je en train de rêver ? Je me suis retourné et j'ai vu le mur du salon recouvert de toutes mes photos. Toutes celles que j'avais choisies dans les albums. Un mur entier. Elles avaient toutes été encadrées et classées, des plus vieilles jaunies jusqu'à celles en noir et blanc. Sous chaque photo, une légende avait été ajoutée. Je n'en croyais pas mes yeux. J'ai reconnu l'écriture de Bibiche. Il n'y avait même pas une faute d'orthographe. C'est sûr, j'étais en train de rêver.

– On a bien bossé, pas vrai ? m'a fièrement fait constater mon père en se levant du canapé.

Je me suis approché pour lire ce qu'il y avait d'inscrit sur les légendes. J'ai commencé par celle sous la photo de la dame élégante. Celle que j'avais prise pour une actrice de cinéma tellement elle était jolie. J'ai lu : « Amandine Dumont, née le 6 janvier 1902, morte en 1960. »

– C'est votre arrière-grand-mère du côté de

maman. Elle a eu dix enfants, dont trois morts à la naissance. On ne sait pas grand-chose d'elle, juste qu'elle a épousé Pierre Legouen, un ouvrier d'une biscuiterie bretonne, qu'elle a élevé leurs dix enfants, qu'elle a traversé deux guerres mondiales et qu'elle a perdu son fils, « tonton Charles », en 1944.

– Ce n'était pas une actrice, alors ? j'ai demandé, un peu déçu, en pointant mon index vers la photo.

– Non, Mo, a répondu ma mère. Tu sais à l'époque, les femmes avaient souvent beaucoup d'enfants très jeunes. Cela ne leur laissait pas le temps d'étudier, encore moins de faire du cinéma, surtout dans les milieux ouvriers. Mais je sais qu'Amandine adorait lire. Ma mère aussi et, quand j'étais petite, elle me racontait que ton arrière-grand-mère lui lisait tous les soirs des poèmes de Victor Hugo. Moi, je n'ai pas hérité de cette passion, mais toi, oui, Maurice.

– C'est pour ça que j'aime tant lire, tu crois, m'man ? C'est comme un héritage ?

– Peut-être bien, Mo. « Ceux qui lisent ne sont jamais malheureux ! », c'est ce que disait ma mère.

J'ai souri à m'en déchirer la mâchoire. J'adorais Amandine et Amélie, mon arrière-grand-mère et ma grand-mère que je n'avais pas connues. Je me sentais proche d'elles. Ça m'a donné envie de poursuivre la visite du mur de mes ancêtres. Mes parents commentaient mon périple au fil de mes questions. J'ai découvert que mon grand-père Stanislas Dambek, celui qui avait perdu ses souvenirs et qui habitait à présent dans une maison de retraite, avait fait son service militaire au Maroc pendant deux ans et qu'il était alors mécanicien d'avion. La classe ! C'était lui, le militaire au chapeau d'Indiana Jones, lui qui avait pris la photo en pleine mer lors de la traversée Marseille-Casablanca. Lui encore, en 1952, qui avait photographié ses copains militaires en tenue d'hiver, alors qu'il faisait vingt-cinq degrés sur le tarmac.

– C'était une blague, a commenté mon père, en pointant la photo de sa canne. Ton grand-père l'avait prise pour la poster à ta grand-mère au moment de Noël. Il voulait la faire rire…

– Et après, il a continué à réparer les avions ? j'ai demandé.

– Non, Mo. De retour en France, ton grand-père s'est fait embaucher comme peintre en bâtiment. On le voit en tenue de travail sur la photo « D. Krupa, travaux industriels ». Son patron était comme lui, d'origine polonaise, ça crée des liens. Ton grand-père a travaillé toute sa vie chez Krupa ! La plupart de ses collègues étaient d'ailleurs de très bons copains.

Mon père m'a encore montré la photo de mariage de ses parents, ceux qui avaient l'air si riches dans leur belle tenue chic. Pourtant, ils ne l'étaient pas, riches, Stanislas et Telka. Pas plus que le trio de musiciens, ni le groupe de choristes qui étaient les amis et collègues de travail de mon grand-père. D'ailleurs, en y regardant de plus près, j'ai pu observer que la plupart des hommes en tenue de peintre se trouvaient aussi sur la photo de la chorale.

– J'en ai connu quelques-uns, a précisé mon père. Chez nous, il y avait toujours de la musique et ton grand-père chantait très bien !

Ça m'a fait sourire.

– Pas comme Bibiche, j'ai dit.

– Non, pas comme Bibiche, a admis mon père. Mais ta sœur a bien d'autres talents. Puis il a repris d'un air sérieux, en balayant l'espace de droite à gauche avec sa canne : Tu vois, Mo, toutes ces photos ne sont pas des trophées. Contrairement à ton copain, on n'a pas de prix Nobel, ni de vedettes dans notre famille, mais des gens courageux, généreux, joyeux. C'est déjà pas si mal.

J'ai regardé le mur. C'est vrai qu'il avait de l'allure. Je me sentais fier d'appartenir à cette lignée d'hommes et de femmes qui aimaient lire, faire de la musique, rire en famille et avec leurs amis.

– Et le couple de vieux sur le banc avec le petit garçon, c'était qui ? j'ai encore voulu savoir.

– Tes arrière-arrière-grands-parents polonais, Mo.

Le voyage dans le temps me donnait le vertige. Arrière-arrière-grands-parents, ça faisait un bout de chemin dans le passé, j'avais du mal à me repérer. Mon père a continué :

– Le petit gars qui ressemble comme deux gouttes d'eau à Gilou, c'est Roman Dambek, ton arrière-grand-père. C'est lui qui plus tard est venu s'installer en France avec sa femme en 1920. Lui, c'est un vrai héros, mon fils ! Il n'est pas passé à la télé, mais il a pris le risque de s'accrocher à son rêve.

J'ai regardé mon père. Il en avait les larmes aux yeux. J'ai regardé ma mère, elle rayonnait.

– C'était quoi son rêve ?

– De vivre ici. De fonder sa famille dans un pays où il y avait du travail, des appartements, des écoles dans tous les villages. Il ne parlait pas un mot de notre langue, ton arrière-grand-père, quand il est arrivé et maintenant…

– Il a un arrière-petit-fils qui est premier de sa classe en français ! j'ai lancé fièrement.

J'avais compris ce que voulaient me transmettre mes parents. Et grâce à eux, je me suis senti heureux comme si j'avais des ailes. Fier d'être un Dambek et c'est à ce moment seulement que je me suis souvenu que je n'étais pas fils unique. Exactement quand j'ai entendu les aboiements d'Assassin, une cavalcade dans l'escalier et la conversation de mes frères et de ma sœur qui venaient de débarquer.

– Tout est prêt, p'pa. On peut y aller ! a annoncé Titi en entrant dans le salon.

Ma mère a aussitôt frappé dans ses mains, façon Mme Rubiella.

– Allez, top départ !

S'est ensuivie une agitation dans toute la maison. Chacun allant et venant, portant des sacs, des glacières, des paniers. Bibiche est passée me faire un bisou, Grabuge me lécher et Gilou m'a tchéqué mollement en me lançant :

– De la balle, hein, notre mur de héros ? On t'a bien scotché, *man* ?

– Oui… merci. C'est super, j'ai balbutié. Mais, qu'est-ce qui se passe ?

Personne ne m'a répondu. Ça tourbillonnait comme dans une ruche. Tout le monde était occupé, même Gilou 2 de tension avait l'air hyper-débordé.

– Qu'est-ce qui se passe ? j'ai répété.

– On part en voyage ! a répondu mon père, arborant fièrement les clés du camion de Patrick.

– Mais on est mardi, papa. Il y a école. Bibiche aussi a le collège…

Là tout le monde a éclaté de rire. OUISTITI ! Une vraie photo de groupe face à moi. Une photo de départ en vacances. Je les ai regardés rigoler. Ils avaient tous des têtes de Noël à présent. Des têtes qui disaient : « Tu vas voir ce que tu vas voir ! » Et je ne sais pas, les observant comme ça, tout souriants devant la porte d'entrée, au milieu des deux chiens en laisse, des caisses, des paniers, des glacières, j'ai de nouveau douté.

Et si tout cela n'était qu'un affreux cauchemar ? Une terrible blague ?

Et s'ils avaient vraiment décidé de m'abandonner sur l'autoroute ?

16

Personne n'a voulu me dire où on allait. Dans ma famille de loufoques, un voyage avait été décidé du jour au lendemain, en pleine semaine scolaire, et impossible de savoir où ni pourquoi.

– Surprise, surprise, mec ! a lancé Titi en chaussant ses lunettes noires avant de monter dans sa voiture avec Assassin, Gilou et Bibiche.

– Bien joué ! a simplement ajouté ma sœur. Grâce à toi, on sèche deux jours de cours. Bravo, mon p'tit Mo !

– On part vraiment en voyage ? je leur ai demandé, étonné.

– Yep, *man* ! T'as bien embrouillé les darons avec ton histoire de héros. Trop déclassé ! m'a répondu Gilou avant de me préciser : Toi tu montes dans le camion de Patrick.

– Mais on va où ? Et pourquoi je ne peux pas monter avec vous ?

– Motus et bouche cousue, Mo ! a répondu Bibiche en me claquant la portière au nez.

J'ai rejoint mes parents à l'avant du camion et mon père a démarré en lançant d'un air joyeux :

– C'est parti pour notre virée !

On a quitté notre petite ville, on s'est engagés sur l'autoroute payante. J'en ai conclu qu'on allait loin. Ça m'a un peu inquiété. Jamais on n'allait loin. Même l'été. Parce que l'essence coûte trop cher, parce que voyager et partir en vacances coûte trop cher, parce que mon père a toujours du boulot et que comme le dit ma mère : « On a tout ce qu'il faut ici, la campagne, le soleil, la rivière pour se baigner, alors pourquoi partir ? »

De mémoire de Mo, la famille au grand complet n'avait jamais dépassé plus de cinquante kilomètres pour aller parfois à la mer ou pique-niquer au bord d'un lac. De mémoire de Maurice Dambek, les vacances, c'était toujours des colonies organisées par la municipalité. Partir tous ensemble, ce n'était jamais arrivé. Dans le camion avec mes parents, j'ai essayé de comprendre ce qui se passait, j'ai posé des questions, mais j'ai vite abandonné. Motus et bouche cousue était le mot d'ordre.

– Ne t'inquiète pas, mon grand, m'a simplement précisé mon père. Ta maîtresse est prévenue, tout est en ordre.

Dès qu'on a pris le ticket de l'autoroute, maman a fouillé dans les paniers qui étaient à ses pieds à côté de Grabuge. Elle m'a sorti une brique de jus d'orange et une crêpe. J'ai pris mon petit déjeuner entre mes deux parents, dans le camion que Patrick nous avait prêté. J'ai ravalé ma curiosité et je me suis laissé emporter dans leur plan « motus et bouche cousue ». Une décision générale des Dambek qui avait été prise à la suite de mon esclandre, juste après ma colère. J'ai cessé de les interroger, mais dans mon cerveau c'était vraiment *Questions pour un champion*. Quel rapport entre le mur de photos qu'ils avaient réalisé pendant la nuit et notre départ précipité ? Est-ce qu'ils avaient retrouvé un super-héros vivant et décidé d'aller le rencontrer ? Ou voulaient-ils simplement m'abandonner sur une aire d'autoroute comme un vilain petit canard qui les avait humiliés ? Et je pensais aussi à Mme Rubiella. Qu'allait-elle penser de moi après ma bagarre ? Allait-elle me punir d'avoir manqué deux jours d'école alors que je n'étais même pas malade ? Papa lui avait-il vraiment téléphoné ? Et Hippolyte ? Voudrait-il encore être mon copain ? Il me manquait. Je lui aurais bien raconté tout ce qui s'était passé.

Bref, j'ai fini par m'endormir, bercé par le bruit tonitruant du moteur. « C'est un diesel, c'est pour ça ! » il dit toujours mon père quand on lui fait remarquer que l'engin fait un barouflle du diable. Un diesel, je n'ai jamais su ce que ça signifiait. Encore un mot à rechercher. Je me demande de quel côté il faudra le classer. Peut-être que c'est un mot de ma famille. Un mot qui, en fait, n'existe pas.

Bref, j'ai ruminé pendant des kilomètres et des kilomètres, puis ma tête a glissé, glissé dans le noir de mes cauchemars. Je crois même qu'à un moment Mme Castant avait une tête de sorcière et que mon frère Titi arborait une énorme moustache et se battait sur un ring avec Hippolyte en slip.

Je me suis réveillé en sursaut, à l'arrêt, dans un camion garé devant un panneau rouge : Autogrill. Mes deux parents avaient encore disparu. On était sur une aire d'autoroute. Je n'ai pas pu m'empêcher de penser au pire. À cause de la télé. Des infos et des actualités qui tournaient en boucle dans ma tête. J'avais vu un reportage un jour : en plein été, des parents avaient laissé leur enfant dans la voiture et il était mort carbonisé. Complètement desséché, le bébé. J'étais en sueur, je crevais de chaud, et cette maudite portière ne voulait pas s'ouvrir. Foutu camion tout déglingué ! Où étaient-ils encore passés ? J'en avais assez. Assez de ne plus être de leur côté. Assez de ne rien comprendre à leurs cachotteries. Je voulais savoir où on allait et qu'ils me disent franchement s'ils avaient l'intention de se débarrasser de moi. Les deux portières étaient coincées, peut-être fermées exprès, alors j'ai tapé à la vitre, côté conducteur.

– Papa, maman ! Je ne peux pas sortir ! Venez m'ouvrir ou je vais mourir ! Au secours ! Les gens, venez ! On veut m'abandonner !

Personne ne me répondait. Personne ne me voyait. Alors, j'ai klaxonné. J'ai appuyé, appuyé et encore appuyé. Des gens se sont retournés, d'autres ont même rigolé. Et puis derrière la vitre, j'ai aperçu un énorme sandwich. Un sandwich plein de mayo et de salade, suivi de très près par la bouche pleine de mon père qui était en train de mastiquer. Il a ouvert la portière, en marmonnant :

– Qu'est-ce qui te prend, Mo ? T'es devenu fou ou quoi ?

J'étais en sueur, tout rouge, le cœur agité.

– J'étais enfermé ! C'est pas drôle ! j'ai crié en le bousculant pour sauter du camion.

Dehors, il faisait encore plus chaud. J'ai eu la nausée. J'allais vomir.

– J'ai envie de vomir ! j'ai hurlé.

Des gens m'ont dévisagé sans réagir. Ils étaient tous en train de manger, ça me dégoûtait. J'ai vu ma mère revenir des toilettes, s'essuyant les mains sur sa robe, puis courir vers moi.

– Je vais vomir, m'man ! Ça vient !

Sans hésiter, elle m'a pris la main et m'a fait traverser. On a filé vers les cabinets. Il y avait la queue.

– Excusez-nous, c'est urgent, le petit va vomir ! elle a dit en passant devant les autres sans attendre.

Les gens se sont écartés. On est entrés dans les toilettes et j'ai tout lâché. Les crêpes, le jus d'orange et puis la bile. Toute ma bile dans la cuvette des toilettes.

– C'est la chaleur, mon grand. Je vais aller te chercher de l'eau au camion, il faut que tu boives, a décidé maman.

– Ne me laisse pas ! j'ai supplié. Ne m'abandonne pas, m'man !

Et je me suis relevé de la cuvette pour me serrer contre elle. Je ne voulais plus la lâcher. C'était vraiment exagéré comme réaction, mais à ce moment, je jure que c'était ce que je pensais : ma famille veut m'abandonner. J'avais la tête en morceaux et le cœur en naufrage. J'avais le mal de mère, de père, de ma sœur et de mes frères.

– Mo, tu n'es plus un bébé. Qu'est-ce qui se passe ? s'est inquiétée ma mère, me palpant le front. Heureusement que t'as déjà eu l'appendicite. Boubou, tu es brûlant !

Elle a tiré la chasse plusieurs fois, elle m'a pris la main et m'a emmené vers les lavabos où elle m'a mis la tête sous l'eau en me caressant le bas du dos. Ça m'a fait du bien. Au cœur et aux pensées. Maman était restée près de moi, maman s'occupait de moi, je n'avais plus à m'en faire, tout allait redevenir comme avant. Je me faisais des idées. On est ressortis dans la fournaise. Titi était près du camion avec papa, Gilou et Bibiche. Ils discutaient avec une jolie fille. Une inconnue à la peau café au lait. Ils avaient l'air de bien s'amuser en mangeant des sandwichs et buvant des sodas frais. *Mince, je suis encore en train de rêver !* j'ai pensé. *C'est qui celle-là ?*

– Ça va mieux ? a crié mon père dès qu'il m'a aperçu.

– Un coup de chaud ! a diagnostiqué ma mère.

– Tu devrais le prendre à l'avant de ta voiture, Titi. Tu as la clim' ! a conseillé mon père.

Titi a tiqué.

– Et Paula, alors ?

– Ce n'est pas grave, je peux monter à l'arrière ! a répondu la jeune inconnue qui s'est aussitôt approchée de moi avec tendresse.

– C'est toi alors, Mo ? J'ai beaucoup entendu parler de toi ! Moi, c'est Paula.

Elle avait de grands yeux noirs en amande et des dents vachement blanches. Elle était presque aussi belle que la maîtresse. Je lui ai un peu souri. Elle s'est penchée pour m'embrasser. Je me suis reculé.

– Qu'est-ce qui te prend, Mo ! a crié Titi. Ça se fait pas ! C'est ma copine et tu ferais mieux d'être sympa avec elle !

– J'ai vomi ! j'ai répondu. Bonjour, mais j'ai vomi ! Vaut mieux pas s'approcher.

C'est tout ce que j'ai trouvé à répondre à la fille qui avait débarqué. J'étais encore un peu dans le gaz, ça les a fait rigoler et sans doute touchés, parce qu'ils ont accepté de m'informer. Je ne savais toujours pas où on allait, mais j'ai découvert que Paula était officiellement la nouvelle amoureuse de Titi, qu'il était passé la chercher avant de rejoindre mon père sur l'autoroute et qu'elle nous accompagnait dans notre périple. C'était la « meuf » avec laquelle mon frère avait rendez-vous le soir du grand déballage. Visiblement, j'avais eu raison de lui rappeler que si elle l'aimait, la fille patienterait : Paula n'arrêtait pas d'embrasser Titi sur la bouche, se blottissant contre lui comme un petit chat. Évidemment, j'ai refusé les sandwichs, les crêpes, les gâteaux, et même les fruits que m'a proposés maman. Je ne pouvais rien avaler. Alors, on est repartis. Gilou a pris ma place dans le camion et je suis monté dans la voiture qui puait Assassin, mais qui au moins était fraîche et confortable. Paula a été très gentille. Elle m'a laissé sa place à l'avant.

– La place du mort ! a précisé Titi en démarrant.

– Ne le taquine pas trop, Thierry, il est malade…

Paula appelait Titi, Thierry, et il l'acceptait. Ça aussi c'était une grande nouveauté. Je n'ai pas pu m'empêcher de regarder mon frère pour voir s'il tiquait. Mais, non, il la laissait faire.

– Quoi ? Tu veux ma photo, Tit'tête ? il m'a charrié.

– Non, Thierry, j'ai répondu avec malice.

Il m'a fait un clin d'œil. Ça m'a fait du bien. La présence bienveillante de Paula, la complicité de mon frère, la fraîcheur de la climatisation et les ronflements réguliers de Bibiche m'ont rassuré. Je me suis de nouveau senti en sécurité. Chez moi. Avec les miens. Titi ne roulait même pas vite. Il suivait le camion des parents, bien tranquillement, conduisant d'une main, mais sans clope ni musique de dingo.

– Paula, je peux te poser une question ?

– Oui, bien sûr, Mo.

– Où on va ?

Paula m'a souri de toutes ses dents blanches, puis elle a murmuré :

– Motus et bouche cousue.

Elle était de mèche ! Alors, je me suis assis confortablement et j'ai regardé la route défiler. Les maisons, les arbres, les paysages, les oiseaux, qui à toute vitesse se transformaient en tableaux. Je n'avais plus le choix, il me fallait patienter et laisser l'opération « motus et bouche cousue » se dérouler.

17

On est arrivés en fin de journée. À la lisière d'une petite forêt en pleine campagne. Tout le monde était fatigué. Mon père s'est garé sur le bas-côté et il est sorti du camion plié en deux, grimaçant, se frottant sa patte folle qui le faisait souffrir après dix heures de voyage. Ma mère nous a rejoints dans la clairière avec Grabuge, suivi par Gilou qui tenait maladroitement un énorme bouquet de fleurs défraîchies.

– Nom de Dieu, que c'est loin la Bretagne ! J'avais oublié, a fait remarquer mon père en claudiquant.

– T'es sûr que c'est là, m'man ? a demandé Titi en effectuant un tour sur lui-même à 360 degrés. C'est le trou du cul du monde ici.

– Sur le GPS et d'après les indications de la mairie, c'est sur ce petit sentier, a confirmé ma mère tout en pointant son index vers un chemin de terre.

Gilou est venu vers moi et il a voulu me refiler le bouquet à moitié fané.

– Prends ça, Mo ! J'ai l'air d'un bouffon amoureux avec ça. Aussi mauviette que Titi. Regarde-le, complètement gaga de sa nouvelle meuf ! Un vrai toutou… T'as remarqué qu'elle l'appelle Thierry ? Sans déconner !

J'ai pris le bouquet, j'ai rigolé avec Gilou deux minutes. Titi nous a signalé d'un regard noir qu'il avait bien remarqué qu'on se foutait de sa tronche, mais que puisque Paula ne le quittait pas d'un pouce et qu'Assassin tirait comme un dingue sur sa laisse, il ne pouvait pas venir tout de suite nous étrangler. Puis, maman s'est engagée sur le sentier. Elle avait le chignon de travers et les traits tirés. On l'a suivie en file indienne. J'étais à la queue du peloton. Je crevais de faim.

– Bon, qu'est-ce qu'on fout là ? j'ai demandé, à bout de forces.

Ça faisait au moins dix minutes qu'on marchait.

– On arrive, mon chou, on arrive…, m'a répondu ma mère en sueur. Viens, Mo, c'est par là !

– Qu'est-ce qui est par là ? j'ai crié, accélérant le pas pour la rattraper en tête du cortège.

– Regarde, Floflo ! Je crois que c'est là ! a fait remarquer mon père, bifurquant dans la forêt.

J'étais impatient, fatigué, affamé et j'avais hâte de découvrir la raison de l'opération « bouche cousue ». Alors j'ai foncé vers l'endroit que mon père avait pointé de sa canne. J'ai fait comme les cyclistes du Tour de France avant l'arrivée, j'ai sprinté et réalisé une belle échappée en solitaire qui m'a conduit tout droit… face à tonton Charles.

– Ça alors ! j'ai murmuré.

J'étais secoué.

Enfin, ce n'était pas vraiment tonton Charles, ni son fantôme que j'avais devant moi, mais son monument. La stèle en pierre était surplombée d'une grande croix de Lorraine, exactement comme sur la photo qu'on avait trouvée sur internet. Il était inscrit sur une plaque : *Legouen Charles, 22 ans et Alexandre Couanec, 23 ans, morts pour la France le 24 juillet 1944*.

Ça m'a mis sur le cul, au sens propre comme au figuré. Au diable mes deux lexiques ! J'étais tellement impressionné. C'était comme si je rencontrais tonton Charles en personne. C'était comme si j'avais rendez-vous avec l'histoire, la nôtre, celle des Dambek et compagnie et puis l'autre, la grande, celle qu'on apprend dans les livres. Et tout cela au milieu d'une forêt digne du *Seigneur des anneaux*. On se serait cru dans un conte et c'était à moi que ça arrivait. À moi, Maurice Dambek, et à ma famille.

Quand maman a débarqué, elle aussi a poussé un petit cri. Elle a porté la main à sa bouche pour ne pas pleurer ou simplement pour signifier qu'il n'y avait rien à ajouter. Personne n'a parlé, d'ailleurs. Et comme tous les membres de ma famille sont restés debout, que Titi a ôté sa casquette, que Bibiche a posé la main sur son cœur et que même Gilou est resté raide comme un I, je me suis relevé avec mon bouquet. Je voulais être à la hauteur. Tous les Dambek se tenaient droits et dignes face au monument, qui pour nous représentait beaucoup plus qu'une stèle de pierre. Le chant des oiseaux accompagnait notre recueillement, c'était joli. Beaucoup plus joli pour l'occasion qu'une fanfare avec ses flonflons. Je ne sais plus combien de temps notre hommage a duré, mais maman a fini par me faire un petit geste pour m'inviter à déposer le bouquet. C'est ce que j'ai fait. Doucement, avec respect.

– C'est là qu'on l'a tué ? a demandé Titi, en se rapprochant lui aussi.

Je n'avais jamais vu mon frère si concentré, affecté, sérieux. Titi ne quittait plus la stèle des yeux, il était comme hypnotisé.

– Oui. C'est là qu'il s'est fait fusiller. C'est ce que m'a dit le monsieur de la mairie quand j'ai téléphoné, a répondu ma mère dans un murmure.

Elle aussi était impressionnée.

– Merde, il était si jeune… C'est nul. Si ça se trouve, il n'a même pas eu le temps de tomber amoureux avant de tomber pour la France.

J'ai tourné la tête vers Titi, étonné de l'entendre s'exprimer comme un poète. Il se mordait les joues pour ne pas chialer. Il était plus bouleversé que moi, mon grand frère. Jamais je ne l'avais vu dans un tel état. Complètement secoué. C'était comme s'il s'imaginait à la place de notre grand-oncle, plongé dans une sale guerre et criblé de balles par des Français au moment de la Libération. C'était comme si Charles et Alexandre, les deux jeunes morts pour la France de 1944, avaient été ses copains et qu'il venait de les enterrer. J'ai vu Titi lever la tête vers le ciel, interrogeant le bleu qui virait au blanc en cette fin de journée de fin de printemps. On aurait dit qu'il cherchait un sens. Une réponse à la guerre, à l'injustice, à la cruauté des hommes. Je ne sais pas trop ce qu'il pensait trouver là-haut, mon frère, mais quand une mouette est passée au-dessus de lui, il a fini par baisser la tête en reniflant. Je l'ai vu déposer, telle une offrande, sa casquette rouge Ferrari sur la stèle de notre grand-oncle, avant de s'éloigner à toute vitesse, les mains dans les poches. Il a presque couru vers Paula, qui se tenait un peu à l'écart. Il l'a retrouvée et il l'a embrassée, longtemps, la serrant dans ses bras tellement fort qu'elle en a lâché la laisse du chien.

– Assassin ! a crié Titi. Assassin, aux pieds !

Mais Assassin n'a rien écouté. Il a foncé vers nous. Il a joué. Il nous a filé entre les pattes sans qu'on réussisse à saisir sa laisse et il a fini par s'arrêter. Il a stoppé sa course devant la stèle, il a levé le museau, la patte, et il a pissé. On a tous été un peu gênés sur le coup, mais on a fini par en rigoler. Titi a récupéré son chien, maman a jeté de l'eau sur l'urine et mon père m'a pris par l'épaule.

– Alors, mon grand, t'es content ? Tu veux que je te prenne en photo devant le monument ?

– Non, p'pa, c'est bon. C'est un peu triste quand même.

– T'as raison, fils, tout ça c'est le passé et il faut le

laisser là où il est. Allez en route, les Dambek, on est attendus, a lancé mon père en rejoignant ma mère.

– Où on va ? a demandé Gilou en soupirant. Je croyais qu'on campait là. On ne devait pas dormir dans le camion ?

– Motus et bouche cousue, a répondu mon père dans un sourire complice et malicieux envers ma mère.

Ils avaient tous deux concocté une suite à notre voyage, et visiblement personne d'autre n'était au courant. Alors, on a laissé le souvenir de notre oncle derrière nous, j'ai proposé à Gilou de se reposer dans la voiture de Titi et j'ai terminé le voyage dans le camion, entre mes deux parents. C'était comme s'ils avaient rajeuni. Ils avaient le même air que Titi et Paula quand ils s'embrassaient. On aurait dit des amoureux.

18

Trois quarts d'heure plus tard, après quelques tours et demi-tours, on s'est garés devant Chez Francette. C'était une crêperie aux rideaux à carreaux rouges et blancs, perdue à la sortie d'un tout petit village bien fleuri.

– On va au restau ? a demandé Bibiche d'un air mi-étonné, mi-excité.

C'est vrai qu'à part au McDo, on n'y met jamais les pieds, nous, au restaurant. « Trop cher », qu'il dit mon père. Au mieux, on regarde les cartes devant les enseignes quand on va faire un tour en bord de mer. C'est ce qu'a fait Gilou d'ailleurs, en descendant de la voiture. Il a collé son nez et son appétit sur le menu de Chez Francette.

– J'hallucine. Il y a des crêpes à la saucisse ! il a dit en se marrant. Genre hot-dog-crêpes ! J'en veux !

– Qu'est-ce que je fais d'Assassin ? s'est informé Titi, qui avait l'air un peu perdu tout à coup loin du bled.

– Le temps qu'on mange, on va laisser les chiens dans le camion, a expliqué ma mère, qui commandait les opérations.

– Oh, la vache ! C'est vrai ? On mange au restau ? en a déduit Bibiche toute frétillante. Attends, il faut que je m'habille pour l'occasion ! Titi, ferme pas la voiture, je vais me changer !

– Pas besoin de tralala ! lui a fait remarquer ma mère. On va chez Francette, c'est à la bonne franquette. Enfin, si ça n'a pas changé, a-t-elle précisé en regardant mon père avec un drôle de sourire.

Titi a installé les chiens dans le camion, Bibiche a enfilé une robe fluorescente, Paula a noué ses cheveux en chignon, Gilou a dit qu'il allait s'écrouler s'il ne mangeait pas une crêpe-hot-dog dans la minute, mon père a passé son bras autour des épaules de ma mère, ils sont entrés, une clochette de bienvenue a sonné et je les ai suivis.

À l'intérieur, ça sentait bon le beurre et les clients se sont tous retournés vers nous quand on est entrés les uns derrière les autres en file indienne. Dans la famille Dambek, je vous présente, le père, la mère, Gilou 2 de tension, Bibiche fluorescente, Titi, Paula sa nouvelle amoureuse et moi. J'ai repensé à la phrase d'Hippolyte : « Vous êtes combien là-dedans ? » On prenait toute la place dans le restaurant et on avait vraiment l'air de débutants. Heureusement, les clients nous ont vite oubliés, retournant à leurs crêpes, et la patronne nous a ouvert grand les bras dès qu'elle nous a aperçus.

– Florence Le Quéméner en personne ! Ma Floflo ! T'as pas changé ! a lancé la femme aux yeux turquoise et aux bras aussi dodus que ceux de ma mère.

Elles sont restées un bon bout de temps toutes les deux, collées, serrées, se mangeant des yeux, et puis ma mère nous a présentés.

Elle s'appelait Claire et elle était la fille de Francette, une histoire de famille chez eux aussi, les crêpes. J'ai découvert que ma mère et Claire étaient des super-copines d'école. Du temps où ma mère habitait la Bretagne. Ça faisait un bail. « Ça fait un bail », c'est ce qu'elles n'arrêtaient pas de répéter. Claire nous a accueillis comme si on était des célébrités. Elle nous avait réservé la salle du haut de la crêperie, rien que pour nous. Elle n'arrêtait pas de dire : « Je suis tellement contente ! Tellement contente de te revoir, Floflo. Ça fait combien ? Vingt ? Vingt-cinq ans ? Plus ? » Même ma mère, qui est pourtant bonne en calcul mental, n'arrivait pas à compter toutes ces années qui les avaient séparées.

– Commandez ce que vous voulez, vous êtes tous mes invités !

Ma mère, toute gênée, a voulu s'y opposer, mais Claire n'a rien voulu savoir. Elle s'est excusée, le temps de servir ses clients, et mes parents, devant les rafraîchissements, nous ont raconté que c'était chez Francette qu'ils s'étaient rencontrés. Ma mère avait alors vingt-deux ans, mon père vingt-trois. Elle était crêpière, lui de passage pour un mariage. Elle était venue lui apporter en salle sa crêpe au caramel beurre salé et ça avait été le coup de foudre. Le vrai. Celui du cinéma. Une semaine plus tard, ma mère quittait son village, son job et ses amis pour suivre celui qui allait devenir son mari et notre père. Fallait voir les têtes qu'on a tous affichées en les écoutant nous raconter leur rencontre dont ils ne nous avaient jamais parlé. On est restés comme deux ronds de flan, comme l'a fait remarquer mon père.

– Je suis choquée, je suis trop choquée, n'arrêtait pas de répéter Bibiche d'un air enjoué, tortillant une mèche de ses longs cheveux blonds. C'est trop romantique ! On dirait une histoire de roman. Pas vrai, Mo ?

J'étais d'accord avec elle, mais moi ce qui me plaisait surtout, c'était que ma mère avait été crêpière professionnelle. Un super-métier. Pourquoi elle ne m'en avait jamais parlé ? Si je l'avais su, j'aurais pu le dire à la mère d'Hippolyte et peut-être que ça aurait tout changé. Peut-être que je me serais pas battu, peut-être que mon copain n'aurait pas cherché à m'humilier.

– T'étais cheffe alors, m'man ? j'ai demandé tout excité. C'était toi qui inventais les recettes ?

– Ta mère, c'était la meilleure crêpière du coin, a lancé Claire en revenant avec des bouteilles de cidre. Je peux te dire… Comment tu t'appelles, toi, déjà ?

– Maurice, mais on m'appelle Mo, j'ai répondu.

– Eh bien Mo, je peux te raconter que les gens venaient de loin pour savourer les spécialités de ta mère. D'ailleurs, j'ai toujours à la carte quelques-unes de ses recettes. T'as gardé la main, Floflo ?

– Couci-couça, a répondu ma mère humblement.

– Mieux que ça ! j'ai crié. Ma mère, c'est toujours la meilleure crêpière du quartier !

Ma réplique les a bien amusés. Et moi aussi. J'ai même eu le droit à une bolée de cidre et quand on a trinqué, mon père s'est levé. Il a tenu à faire un petit discours.

– Merci Claire de nous recevoir ce soir, surtout que tout cela était un peu précipité.

À ce moment tout le monde a rigolé, sauf moi. Il a continué :

– Mais je tiens aussi à remercier Mo…

Là, je crois que mon cœur s'est complètement emballé. J'ai rougi. Je n'aime pas trop que mon père me félicite devant mes frères et ma sœur. Je sais que ça les agace. Et pour le coup, j'avais raison, ils n'ont pas pu s'empêcher d'interrompre papa et de commenter.

– Ouais, il nous en fait voir de toutes les couleurs notre Tit'tête, a commenté Titi. Mais pour une fois, il a bien fait !

– Il est pénible, mais pas méchant, a ajouté Bibiche à l'intention de Claire.

– Ça va être long, p'pa, le blabla sur Mo ? s'est informé Gilou. J'ai la méga-dalle.

Mon père a conclu d'un air enjoué en levant sa bolée de cidre :

– À Mo ! Qui nous a donné envie de ce voyage

et de vous raconter un peu notre passé. À toi Flo-flo que j'aime comme au premier jour et à vous tous, les enfants, qui nous avez aidés ! Je suis fier de ma famille, fier de ce que vous avez fait pour votre petit frère, fier d'être votre père ! *Na zdrowie !* a-t-il conclu ému, en nous invitant à trinquer avant de se mettre à chialer.

Ma mère l'a embrassé et a lancé :

– *Yec'hed !*

Bref, on a tous trinqué, en polonais, en breton et en français. Une fois, deux fois, trois fois. Je ne sais plus trop ce que j'ai choisi comme crêpes, ni ce que j'ai mangé parce que le cidre m'a fait tourner la tête. Ce dont je me souviens, c'est que je me suis endormi sur la banquette de Chez Francette, la tête sur les genoux de ma mère. Je me souviens que petit à petit, les mots, les éclats de voix et de rire se sont mélangés pour composer une douce et enveloppante petite musique. Une berceuse rassurante qui sentait bon le sucre, le rhum et le calvados.

19

Le lendemain matin, je me suis réveillé face à une vache. Enfin, pour être plus précis, je me suis réveillé face à Bibiche qui ronflait la bouche ouverte. J'étais avec elle sous une tente, incapable de savoir ce que je faisais là. Un peu perdu, un peu paniqué, j'ai fait glisser la fermeture éclair, j'ai passé la tête à l'extérieur et c'est là que je suis tombé sur une vache. De trouille, je me suis jeté sur le dos de ma sœur qui dormait encore. Mon violent atterrissage l'a réveillée en sursaut :

– Mo, t'es malade ou quoi ? Lâche-moi !

– Y a une vache devant la tente, Bibiche. Une grosse vache. Énorme !

L'information a suffisamment inquiété ma sœur pour qu'elle ouvre et jette un œil à l'extérieur.

– Qu'est-ce qu'on fout dans un pré ? je me suis informé.

J'avais la tête dans les chaussettes, je ne me souvenais plus de rien.

– On est chez Claire, la copine de maman, et son mari, Francis. Ils ont une ferme. Les parents dorment à l'intérieur de la maison avec Gilou, Paula et

Titi couchent dans le camion avec Grabuge. T'étais bourré ou quoi hier soir, Mo ?

– Possible, j'ai répondu, incapable de me rappeler comment j'étais passé de la banquette de Chez Francette à mon duvet.

– Eh ben mon vieux, première cuite à dix ans ! C'est pas joli-joli pour un premier de la classe !

Et on a piqué une crise de rire tous les deux. Un mélange de peur, d'excitation, d'hésitation et de grande complicité. La vache nous avait rapprochés.

– Tu crois qu'on peut sortir ? j'ai demandé. T'es sûre que c'est pas un taureau ?

– N'importe quoi, Mo ! C'est une vache. Mais elle est grosse quand même…

Ma sœur s'était mise en position de tir ou d'observation du cow-boy en embuscade devant un campement d'Indiens. Seuls ses yeux sortaient de la tente. Je l'ai imitée. La vache broutait pile-poil devant nous. Elle était vraiment imposante. J'ai croisé le regard de l'animal. Grand, marron, triste.

– On dirait toi, a fait remarquer Bibiche en riant. Toi, en mode : « C'est pas juste, j'ai une famille toute pourrie, je suis trop malheureux, c'est trop injuste, je vous aime plus… »

– C'est bon ! je l'ai interrompue, un peu vexé.

– Allez, te fâche pas, Mo ! Je vais te prouver que ta sœur n'est pas une mauviette, mon vieux.

Et sans hésiter, Bibiche a enfilé un short, elle a noué ses cheveux, elle s'est saisie de la lampe torche comme d'une matraque et elle s'est accroupie devant l'ouverture de la tente, prête à passer à l'action.

– Je vais sortir et tenter de faire diversion pour l'attirer plus loin.

Bibiche s'était mise à parler comme dans les séries policières qu'elle adorait. Ça m'a impressionné.

– Tu vas me laisser tout seul ?

– Ça va, c'est une vache, Mo, au pire, elle te foncera dessus et te piétinera en arrachant la toile de tente. Tu risques quoi ? Une fracture du crâne !

– Arrête ! J'ai la trouille, sans rire.

– Fais-moi confiance !

Elle m'a embrassé furtivement sur la joue et elle a bondi à l'extérieur en courant dans le pré comme une dératée, effectuant de grands gestes avec la torche-matraque. Elle a sauvé sa peau, pas la mienne. La vache n'a pas bougé d'un pouce. Elle s'est même rapprochée de l'entrée de la tente et j'ai vu son museau pointer. Terrifié, j'ai essayé de passer sous la toile, mais les piquets étaient hyper bien plantés, impossible de m'enfuir.

– Bibiche ! j'ai hurlé. Bibiche ! Elle va rentrer.

Je n'ai pas vu ce qu'a fait ma sœur. Je l'ai simplement entendue chanter. *We are the champions*, *my friend !* À pleine voix. *We are the champions* et aussi quelques trémolos improvisés qui faisaient : *Youloulouloubouboubou !* Je ne sais pas si la vache a apprécié la voix de ma sœur ou si au contraire elle a cherché à la fuir, en tout cas, elle a fait demi-tour. Lentement mais sûrement, elle a quitté mon territoire pour aller rejoindre ses copines, un troupeau de vaches en noir et blanc qui broutaient dans le pré quelques mètres plus loin. Sans chercher à comprendre, j'ai rejoint ma sœur et à toute vitesse on a filé vers la maison. On s'est réfugiés dans la cuisine en panique totale et notre récit a beaucoup amusé Claire et nos parents qui prenaient tranquillement leur petit déjeuner.

Ils n'arrêtaient pas de rire, à tel point que je me suis senti obligé de défendre ma sœur, qui se sentait un peu ridiculisée.

– On ne savait pas que ce n'était pas dangereux. On pensait que la vache allait charger. Elle a été super-courageuse, Bibiche, j'ai précisé.

– Très courageuse, ma fille ! a acquiescé ma mère tendrement. Maintenant que vous savez qu'il n'y a pas plus doux que les vaches, ça vous dirait d'apprendre à les traire ?

– Tu sais faire ça, maman ? je me suis exclamé.

– Bien sûr, ici, tout le monde sait traire.

C'est ainsi qu'une heure plus tard, j'avais rempli un demi-seau du liquide chaud et crémeux qui sortait miraculeusement des mamelles de Mirette. Bibiche a trait Marguerite, Titi et Paula Reinette, et mon père Tartanpionne. Gilou s'est avéré le grand champion de la traite manuelle en remplissant deux bidons entiers du lait frais de Léonne. Chacun a voulu participer avant d'observer le fonctionnement de la traite électrique qu'utilisaient désormais Claire et Francis pour leurs quarante-cinq vaches. Le lait frais n'a rien à voir avec celui qu'on achète en bidon au supermarché. C'est ce que j'ai découvert. Il n'est pas blanc, ni écrémé, mais épais, jaunâtre et absolument infect. Un goût de camembert, comme l'a défini Titi en le recrachant aussitôt.

Un goût de camembert désormais inscrit dans ma mémoire comme sur une carte postale. Le goût de nos petites vacances en Bretagne. Une odeur puissante qui, j'en suis sûr, me fera toujours penser à : la stèle de tonton Charles, notre soirée chez Francette, ma première cuite au cidre, nos fous rires sous la tente avec Bibiche, la traite de Mirette, la trouille d'Assassin face aux clapiers des lapins, le tour de moissonneuse-batteuse conduit par Titi sous le sourire ensoleillé de Paula, notre pique-nique à la mer, les huîtres que j'ai détestées (mais que Gilou a adorées à s'en faire péter le bide), notre baignade avec Titi, Paula et Bibiche dans une Manche à 16 degrés, la noyade organisée de Gilou, ses insultes, ses « yolo, yolo, non, sans déconner » avant de boire la tasse et de nous arroser, et puis nos au revoir à Claire et Francis avec leur promesse de venir nous rendre visite.

C'était bien, les vacances. C'est bien, les vacances, même quand elles sont courtes. Mieux encore quand ce ne sont pas des vacances officielles, mais du temps volé, rien que pour nous les Dambek. Face à la Manche glacée et sur une plage presque déserte, on s'est bien reposés. On a pris le temps de s'écouter sans la télé. On a laissé le ressac nous apaiser et on a osé rêver. Titi, lui, voulait devenir plombier. Plombier, c'est bien comme métier, tout le monde a besoin d'un plombier, qu'il nous a dit, nous avouant qu'il avait déjà trouvé un apprentissage payé. Il voulait se ranger et arrêter les conneries. Mes parents ont approuvé, sous le regard amoureux de Paula qui, elle, terminait ses études de coiffure. Elle voulait ouvrir son propre salon. Face à l'horizon dégagé, notre vie de famille avait l'air beaucoup plus rangée, mieux organisée, chacun avait des envies, des souhaits, des idées. Bibiche s'imaginait jouer la comédie dans des séries télé et Gilou, lui, s'autorisait un peu à croire en ses capacités :

– Tu crois, p'pa, que je pourrais travailler à la ferme de Claire et Francis ? Faire un stage l'été pour essayer ? Ça me plairait bien, la vie de fermier. Moi, ce que j'aime pas, c'est rester enfermé toute la journée.

Mes parents l'ont encouragé. Ils nous ont tous encouragés.

– Et toi, Mo, qu'est-ce que tu vas faire plus tard ? m'a demandé mon père.

– Écrire des histoires. Des vraies et des inventées. Peut-être même que je parlerai de vous !

– Fais gaffe à ce que t'écris, Mo ! Si tu dis du mal de ton grand frère, je t'arrache ta Tit'tête !

– Pour savoir ce qu'il va écrire dans ses livres, faudrait d'abord que t'apprennes à lire, Titi ! a plaisanté Bibiche.

– Ça va ! Je lis mieux que t'écris ! a répondu Titi du tac au tac.

– Ça chambre chanmé chez nous tu sais, t'inquiète pas, c'est de la tendresse, a précisé Gilou à Paula, qui avait l'air un peu étonnée que le ton monte aussi vite que la marée.

– D'abord, faudra passer ton bac, Mo ! Et arrêter de te battre à la récré, m'a rappelé ma mère, revenant sur mon cas.

J'ai promis, juré, craché et, comme la mer menaçait de nous éclabousser, on est remontés en ville.

Oui, c'était bien, les vacances.

On est rentrés tout calmes, en mode yolo, yolo, prêts à tout raconter à tata Minou, aux cousins, à Patrick, aux voisins et peut-être même à mon super-copain s'il acceptait encore d'être le mien. Avant de reprendre la route, on s'est encore arrêtés au bureau de tabac pour acheter des cartes postales. Un petit mot, une impression, une pensée. J'ai écrit à Hippolyte pour m'excuser. J'ai choisi une carte d'huîtres et de crustacés pour le faire marrer. Je crois que – même avec ses fautes d'orthographe et son vocabulaire de quartier – c'est Bibiche qui a le mieux résumé ce que nous avons tous partagé sur la carte qu'elle a postée à sa copine : « À part le lé frais qui a un goût de kamember pouri, frenchement, meuf, j'ai tout kiffé ! Ça fait trop du bien de s'arracher du bled. Et la Bretagne, ça ouvre les horizons. Un truc de malade ! »

20

Sur le chemin du retour, je pensais que tout était réglé.

Dans ma famille, j'avais : un super-héros de la Résistance, des ancêtres chouettes et généreux, des parents qui s'étaient aimés d'un coup de foudre, une mère ex-crêpière professionnelle, un frère qui allait devenir plombier et peut-être même se marier avec une fille aussi belle que la maîtresse, une sœur tendre et courageuse (presque décidée à arrêter de chanter) et un frère qui avait enfin trouvé un métier qui le faisait rêver. J'avais un moral d'acier, prêt à affronter toutes les cours de récré de la planète. Gonflé à bloc par le souffle de la Manche, je m'imaginais revenir à l'école en super-héros avec mes souvenirs au beurre salé, bien calés entre mes cahiers.

Pourtant, le jeudi matin, j'avais la boule au ventre. Et Mo comme Maurice Dambek n'en menait pas large en descendant l'escalier du 2, rue des Cordilles. Pas facile de revenir après ce qui s'était passé. Peut-être que tout le monde allait me tourner le dos, j'ai pensé. Peut-être que Mme Rubiella, déçue par mon comportement, m'ignorerait désormais, me considérant comme un délinquant. C'est ce qu'avait dit le père Castant : « une graine de délinquant ». Et ce jugement sévère poussait malgré moi dans ma tête comme une mauvaise herbe. Pas facile d'expliquer ce qui m'était arrivé, encore moins de raconter pourquoi j'avais changé et comment, grâce au soutien de ma famille, j'étais retombé sur mes pieds. Je ne me sentais ni assez courageux ni assez grand pour affronter seul ce retour à la case départ. Pas vraiment une tête de héros, Mo, et j'étais sur le point de remonter quatre à quatre les escaliers pour implorer maman de m'accompagner quand j'ai entendu des coups de klaxon sur la place. TUT, TUT, TUT. J'ai surpris l'écrivain du dernier étage gueuler de sa fenêtre : « Qu'est-ce que c'est que ce bordel encore. Y en a qui bossent ! Merde ! » J'ai relevé la tête, il m'a salué d'un petit geste, moi aussi, et puis il est rentré, un peu gêné d'avoir ainsi hurlé comme les autres habitants du quartier. TUT, TUT, TUT. C'était Titi. Titi qui m'attendait au volant de sa voiture, la clope au bec, le coude sorti, la mine réjouie. Du jamais-vu. Titi réveillé et en pleine forme à huit heures vingt du matin avec son chien Assassin, debout sur la banquette, le museau collé à la vitre. J'ai couru vers eux.

– Pose ton cul à l'avant, Mo ! Je t'emmène à l'école.

J'ai hésité une seconde. Même pas. Juste un millième de seconde, le temps de chasser cette pensée : *C'est peut-être pas une bonne idée.* Vieille pensée, horrible pensée qui n'était plus d'actualité. D'ailleurs, Titi avait déjà dégagé les poubelles, il avait tout préparé, pas besoin de faire le steward. Je suis monté, j'ai mis ma ceinture de sécurité et on a décollé. Version chanmé avec des boum-boum-boum qui résonnaient dans mon ventre. J'étais fier. Fier de mon frère. Fier qu'il ait pris la peine de m'accompagner pour me rassurer. En cinq minutes on y était, et Titi a baissé la musique avant de se garer devant les grilles de l'école déjà grandes ouvertes.

– Bon, Tit'tête, tu ne le laisses pas te marcher dessus, OK ? Mais tu ne déconnes pas non plus.

– Ouais, d'accord, j'ai répondu.

– Dis donc, c'est pas ton copain qui arrive là-bas avec sa mère ?

J'ai tourné la tête et blêmi. Oui, c'étaient eux. Hippolyte et sa mère s'avançaient droit vers nous. J'ai commencé à transpirer. Et là, sans hésiter, Titi a fermé ses vitres, il a coupé le moteur, il a ouvert sa portière, il a demandé à Assassin de ne pas bouger et il est sorti. Je l'ai imité, un peu paniqué. Je le connaissais et je n'avais pas envie qu'il se mêle de mon histoire. Il est nerveux, mon frère, du genre à insulter, à cogner, à cracher si on lui manque de respect. Titi m'a rejoint sur le trottoir, il m'a fait un clin d'œil et il m'a dit :

– Fais-moi confiance. Je gère.

Ensuite, il s'est retourné d'un coup, m'attrapant par la manche pour me forcer à le suivre en direction des Castant. J'ai pensé : *Oh, non, ça sent encore le duel au soleil* et le feu de détresse que j'ai vu s'embraser dans les yeux de Mme Castant ne m'a pas rassuré. Titi et moi, fonçant droit sur eux. J'ai vu Hippolyte faire les gros yeux, sa mère stopper, prête à s'enfuir. J'ai imaginé les terribles images de faits divers qu'elle a dû faire défiler dans sa tête. Du genre « Règlement de compte à l'école Marcel-Pagnol, un jeune délinquant récidiviste poignarde la mère du copain de son frère qui leur avait manqué de respect ». Mais Titi ne lui a pas laissé le temps de s'échapper, ni de crier, ni même de penser, il est arrivé à sa hauteur, affichant un sourire de publicité pour du dentifrice, et lui a tendu la main pour la saluer. Complètement décontenancée, au bord de l'évanouissement, Mme Castant n'a pas hésité, elle a saisi la main de Titi comme pour se rattraper aux branches.

– Bonjour, madame, bonjour Hippolyte, a lancé Titi. Je suis Thierry Dambek, le frère de Maurice. Vous vous souvenez ?

Moi, je me souvenais. La seule et unique fois qu'ils avaient vu mon frère, c'était en caleçon, à la maison, en train de beugler et se servant une bière. Au regard fuyant de la mère de mon copain, j'ai compris qu'elle aussi le remettait très bien.

– Bon, nos jeunes ont eu des petites histoires, a déclaré mon frère d'une voix d'acteur un peu forcée, rien de grave, pas la peine d'en faire un foin, vous ne trouvez pas ?

– Enfin, enfin, quand même…

Mme Castant essayait de faire bonne figure, de retrouver ses manières et ses pensées. Titi lui en a laissé le temps, très courtoisement, sans l'interrompre.

– Votre frère a frappé mon fils, c'est inadmissible, a-t-elle réussi à prononcer en serrant son sac à main sous son bras.

– Vous avez raison, madame, et Mo a compris que ça ne se faisait pas. Vous savez pourquoi ?

– Non, monsieur…

– Parce qu'il n'a pas envie de finir comme son frère.

Là, j'ai tiqué. J'ai voulu répliquer, j'ai tenté un « C'est pas vrai ! », mais mon frère m'a écrasé le pied pour me faire taire. Il a poursuivi, sûr de lui :

– Moi, j'ai rien fait à l'école, j'étais malheureux à l'école et, des conneries, j'en ai accumulé un sacré paquet. Vol, trafic, bagarres, etc. Vous voyez, je ne m'en cache pas, mais aujourd'hui c'est fini. J'ai tourné la page et ce petit pisseux qui est là à côté de moi, c'est lui qui m'a fait réfléchir, c'est lui qui m'a donné envie de grandir. Alors, je vous demande à tous les deux de lui pardonner. Maurice Dambek, c'est un garçon chouette et c'est sans doute pour ça qu'il est le meilleur pote de votre fiston, madame. Ce sont deux garçons qui valent le coup.

Mme Castant est demeurée sans voix, moi aussi, Hippolyte *idem*. On est restés plantés comme deux ronds de flan. Titi avait terminé son discours en reniflant, j'en ai déduit que ça lui avait coûté d'étaler ses méfaits sur le trottoir devant une inconnue. Et ça m'a d'autant plus touché qu'il l'avait fait pour moi. Il avait bien parlé. Et c'est aussi ce qu'a dû penser Mme Castant parce que, malgré ses connaissances, malgré les mots de la maîtresse qu'elle connaissait par cœur, malgré les photos de ses héros sur le mur de son beau salon chic, eh bien, elle n'a rien su répliquer. Elle n'a pas trouvé mieux. Alors, elle s'est contentée de lui offrir un sourire, et puis sa main franche et sincère en retour de salutation.

– Je vous remercie, jeune homme, elle a déclaré, j'apprécie votre droiture. Et à mon tour, je vous prie de nous excuser. Hippolyte s'est très mal comporté.

– C'est tout bon alors ? en a conclu Titi dans un regard de séducteur.

– Je pense que oui, a-t-elle constaté.

Ils étaient de mèche à présent, côte à côte, nous toisant Hippolyte et moi, les bras croisés comme deux entraîneurs de foot qui attendent que leurs champions se mettent à l'entraînement. On s'est regardés avec Hippolyte, sans trop savoir ce qu'ils attendaient de nous. On n'allait quand même pas s'embrasser, ni se serrer la main.

– Allez, foutez le camp ! Ça va sonner, a lancé Titi dans un petit sourire amusé.

Mme Castant a embrassé son fils sur la joue, mon frère a esquissé un mouvement vers moi pour l'imiter, mais j'ai reculé. Ça a fait rigoler Titi et Mme Castant et avec Hippolyte on a décampé. On a couru à toute vitesse vers la cour de récré et, quand je me suis retourné, juste avant de rentrer, mon frère et la mère de mon copain étaient encore en train de discuter et de se marrer.

– Il est cool ton frère, m'a fait remarquer Hippolyte.

C'est la première chose qu'il m'ait dite et ça nous a tout de suite rabibochés.

– Ouais, il va devenir plombier, j'ai précisé fièrement.

Et puis, j'ai tout de suite embrayé, façon Titi, à fond la caisse.

– Faut que je te raconte, c'est fou tout ce qui s'est passé…

Je n'ai pas eu le temps de raconter toutes mes péripéties à mon copain, car Mme Rubiella a tapé dans ses mains. Elle a fait l'appel sous le préau et au nom de Maurice Dambek, elle a marqué une petite pause. Elle a relevé la tête de son carnet, elle m'a regardé et m'a offert son super-sourire de maîtresse, celui qui nous donne des ailes pour apprendre toutes les rivières du monde et les histoires compliquées du passé, son sourire de gentillesse qui mériterait un prix Nobel. Même si maintenant, je m'en moque des prix comme des médailles, des coupes et de tout le bazar. Je sais que les vrais héros sont ceux que les gens aiment, mais aussi ceux qui savent aimer. Ceux qui rendent les autres plus forts, au lieu de se croire les plus forts.

Maintenant Maurice Dambek et Mo s'entendent vachement bien. Vous savez pourquoi ? Parce qu'ils ne font plus qu'un.

Jo Witek

L’auteure

Jo Witek a écrit une quarantaine d’ouvrages pour la jeunesse et reçu de nombreux prix littéraires francophones. Ses albums conçus avec l’illustratrice Christine Roussey à La Martinière Jeunesse (*Dans mon petit cœur*) ont été traduits dans une vingtaine de langues et sont de véritables succès de librairie aux États-Unis. Dans ses romans, elle aborde des sujets de société et les porte avec tendresse à hauteur de l’enfance ou de l’adolescence, au Seuil (*Récit intégral (ou presque) d’une coupe de cheveux ratée*), chez Flammarion Jeunesse (la série *Mentine*) et chez Talents hauts (*Mauvaise connexion*). Aux éditions Actes Sud junior, elle est aussi l’auteure de thrillers pour les adolescents, *Le Domaine*, *Peur express*, *Rêves en noir*, *Un hiver en enfer*. Chez le même éditeur, elle publie en 2021 *J’ai 14 ans et ce n’est pas une bonne nouvelle*, portrait d’une adolescente qui refuse un mariage forcé.
Jo Witek habite actuellement dans le sud de la France.

Découvrez d'autres **familles irrésistibles**

dans la collection

FOLIO JUNIOR

TREIZE À LA DOUZAINE

Ernestine et Frank Gilbreth

n° 460

Mr et Mrs Gilbreth avaient décidé, le jour de leur mariage, qu'ils auraient douze enfants. Et, en effet, ils eurent six garçons et six filles. Douze petits rouquins élevés par des parents obnubilés par l'étude du rendement ! Comment apprendre une langue étrangère en se brossant les dents ? Soigner à la chaîne toute sa famille atteinte de rougeole… ? Chez les Gilbreth, il y a toujours une solution surprenante !

COMMENT ÉDUQUER SES PARENTS...

Pete Johnson

n° 1323

Je m'appelle Louis. Je ne suis pas ce qu'on appelle un enfant difficile, mais je ne suis pas non plus du genre à me tuer au travail, à rester des heures devant un exercice de maths. Enfin, vous voyez ce que je veux dire... Moi, j'aime bien rigoler. Tout allait bien dans ma vie, jusqu'au jour où mes parents ont décidé de faire de moi un enfant modèle. Alors là, j'ai carrément dû prendre les choses en main !

MON FRÈRE EST UN SUPER-HÉROS

David Solomons

n° 1795

Je ne le crois pas ! Mon frère, Zack, le bosseur, le dingue de devoirs de maths, celui qui n'a jamais lu une BD de sa vie, est devenu un super-héros. Pendant qu'il s'amusait à faire des équations dans notre cabane, Zorbon le Décideur a surgi de son vaisseau spatial transdimensionnel : il lui a conféré des pouvoirs géniaux et une mission vitale pour l'humanité. Mon frère a été choisi pour vivre mon rêve !

UN PETIT POIS POUR SIX

Jean-Philippe Arrou-Vignod

n° 1846

Décidément, les six frères Jean n'en ratent pas une ! Au programme de cette année à Cherbourg : les mystérieux rendez-vous de Jean-A., le nouveau copain ceinture noire de Jean-B., un dimanche de pêche en famille et une nuit à jouer les Robinson dans une cabane perchée. Quoi de plus fastoche pour des aventuriers qui n'ont peur de rien… ou presque ?

Le papier de cet ouvrage est composé de fibres naturelles, renouvelables, recyclables et fabriquées à partir de bois provenant de forêts gérées durablement.

Mise en pages : Françoise Pham

Loi n° 49-956 du 16 juillet 1949
sur les publications destinées à la jeunesse
ISBN : 978-2-07-515703-2
Numéro d'édition : 434608
Dépôt légal : novembre 2021
Premier dépôt légal dans la collection : mai 2021

Imprimé en Espagne par Novoprint (Barcelone)